**OS PERIGOS
DE FUMAR
NA CAMA**

MARIANA ENRIQUEZ

OS PERIGOS DE FUMAR NA CAMA

TRADUÇÃO DE ELISA MENEZES

Copyright © Mariana Enriquez, 2009
Primeira publicação: 2009, Argentina
Casanovas & Lynch Agencia Literaria, S. L.

TÍTULO ORIGINAL
Los peligros de fumar en la cama

A tradução da citação de Sylvia Plath, p. 41, é de Rodrigo Garcia Lopes e Maria Cristina Lenz de Macedo ("Olmo", em *Ariel: Edição restaurada e bilíngue, com manuscritos originais*, Verus Editora, 2007, p. 71).

PREPARAÇÃO
João Sette Câmara

REVISÃO
Rayana Faria
Luiz Felipe Fonseca

DIAGRAMAÇÃO
Ilustrarte Design

DESIGN DE CAPA
Elisa von Randow

ILUSTRAÇÃO DE CAPA
Amanda Miranda

CIP-BRASIL. CATALOGAÇÃO NA PUBLICAÇÃO
SINDICATO NACIONAL DOS EDITORES DE LIVROS, RJ

E52p

    Enriquez, Mariana, 1973-
        Os perigos de fumar na cama / Mariana Enriquez ; tradução Elisa Menezes. - 1. ed. - Rio de Janeiro : Intrínseca, 2023.
        144 p. ; 21 cm.

    Tradução de: Los peligros de fumar en la cama
    ISBN 978-65-5560-666-9

    1. Contos argentinos. 2. Contos de terror. I. Menezes, Elisa. II. Título.

23-84327   CDD: 868.99323
                                      CDU: 82-344(82)

Meri Gleice Rodrigues de Souza - Bibliotecária - CRB-7/6439

[2023]
Todos os direitos desta edição reservados à
Editora Intrínseca Ltda.
Av. das Américas, 500, bloco 12, sala 303
22640-904 – Barra da Tijuca
Rio de Janeiro – RJ
Tel./Fax: (21) 3206-7400
www.intrinseca.com.br

Para Paul e Chatwin, our kitten

> *Stay here while I get a curse*
> *To give him a goat head*
> *Make him watch me take his place*
> *Night has brought him something worse**
>
> WILL OLDHAM, "A Sucker's Evening"

---

* "Fique aqui enquanto sou amaldiçoado/ Para dar a ele uma cabeça de cabra/ Faça com que ele me veja tomar seu lugar/ A noite trouxe algo pior para ele." [N. da T.]

SUMÁRIO

1. O desenterro da anjinha   11
2. A Virgem da pedreira   19
3. O carrinho   31
4. O poço   41
5. Rambla Triste   55
6. O mirante   71
7. Onde está você, coração?   81
8. Carne   91
9. Nem aniversários nem batizados   99
10. Garotos perdidos   109
11. Os perigos de fumar na cama   127
12. Quando falávamos com os mortos   133

1. O DESENTERRO DA ANJINHA

Minha avó não gostava de chuva e antes que as primeiras gotas caíssem, quando o céu escurecia, ela ia para o quintal com garrafas e as enterrava até a metade, a boca inteira debaixo da terra. Eu a seguia e lhe perguntava: vó por que você não gosta da chuva por quê. E ela nada, evasiva, com a pazinha na mão, franzindo o nariz para sentir o cheiro de umidade no ar. Se finalmente chovia, fosse garoa ou tempestade, fechava portas e janelas e aumentava o volume da televisão até encobrir o barulho das gotas e do vento — o telhado de sua casa era de metal —; e se o aguaceiro coincidia com sua série favorita, *Combate*, não havia quem conseguisse tirar uma palavra dela, porque estava perdidamente apaixonada por Vic Morrow.

Eu adorava a chuva porque ela amaciava a terra seca e permitia que eu extravasasse minha mania escavatória. Quantos poços! Usava a mesma pá que minha avó, uma bem pequenina, do tamanho que uma criança usaria para brincar na praia, só que de metal e madeira, não de plástico. A terra mais funda abrigava cacos de garrafas de vidro verde, com as bordas tão gastas que já não cortavam; pedras macias que pareciam seixos rolados ou pequenas rochas de praia, por que estariam no quintal da minha casa? Alguém as devia ter enterrado. Uma vez encontrei uma pedra ovalada, do tamanho e da cor de uma barata mas sem patas nem antenas. De um lado era lisa; do outro, sulcos formavam os traços claros de um rosto sorridente. Mostrei a pedra a papai, enlouquecida porque acreditava estar diante de uma relíquia, e ele me disse que as marcas formavam um rosto por acaso. Meu pai nunca se entusiasmava. Também encontrei dados pretos, com os pontos brancos já quase invisíveis. Encontrei restos de vidros foscos verde-maçã e azul-turquesa. Minha avó se lembrou de que haviam sido parte de uma porta velha. Também brincava com minhocas e as cortava em pedacinhos bem pequenos. Não me divertia ver o corpo dividido retorcendo-se um pouco e depois seguindo em frente. Achava que se cortasse bem a minhoca, como uma cebola, sem deixar contato algum entre os anéis, ela não poderia se reconstruir. Nunca gostei desses bichos.

Encontrei os ossos depois de uma tempestade que transformou o quadrado de terra dos fundos em uma poça de lama. Eu os guardei em um balde que usava para levar os tesouros até a pia do quintal, onde os lavava. Mostrei-os a papai. Ele disse que eram ossos de galinha ou de vaca, talvez de algum animal de estimação morto que enterraram havia muito tempo. Cachorros e gatos. Ele insistia que eram galinhas porque antigamente, quando ele era menino, minha avó tinha um galinheiro no quintal.

Parecia uma explicação plausível até que minha avó se deu conta dos ossinhos e começou a arrancar os cabelos e a gritar "a anjinha a anjinha". Mas, sob o olhar de papai, o escândalo não durou muito: ele aceitava as "superstições" (assim as chamava) de minha avó desde que ela não se excedesse. Ela conhecia o gesto de desaprovação e se acalmou a contragosto. Me pediu os ossinhos e eu os entreguei. Depois pediu que eu fosse para meu quarto dormir. Fiquei um pouco irritada porque não entendia o motivo da penitência.

Mais tarde naquela mesma noite, porém, ela me chamou e me contou tudo. Era a irmã número dez ou onze, minha avó não tinha muita certeza, naquela época não se prestava tanta atenção assim às crianças. Havia morrido com poucos meses de nascida, entre febres e diarreia. Como era anjinha, sentaram-na sobre uma mesa adornada com flores, envolta em um pano rosa, apoiada em uma almofada. Fizeram asinhas de papelão para que ela subisse ao céu mais rápido e não encheram sua boca com pétalas de flores vermelhas porque isso deixava mamãe, minha bisavó, impressionada, lhe parecia sangue. Houve dança e canto a noite inteira, e foi preciso até expulsar um tio bêbado e reanimar minha bisavó, que desmaiara de tanto choro e calor. Uma rezadeira indígena cantou triságios e cobrou apenas umas empanadas.

— Isso foi aqui, vó?
— Não, em Salavino, em Santiago. Fazia um calor!
— Então não são os ossos da neném, se ela morreu lá.
— São, sim. Eu os trouxe quando viemos para cá. Não quis deixá-la porque chorava todas as noites, coitadinha. Se chorava com a gente pertinho, na casa, imagina o quanto ia chorar sozinha, abandonada! Por isso eu a trouxe comigo. Eram só ossinhos já. Coloquei-a numa sacola e a enterrei aqui nos fundos. Nem mesmo seu avô sabia. Nem sua bisavó, ninguém. É que só eu a ouvia chorar. Seu bisavô também, mas se fazia de desentendido.
— E aqui a neném chora?
— Só quando chove.

Mais tarde perguntei a meu pai se a história da neném anjinha era verdadeira, e ele disse que minha avó já estava muito velha e delirava. Não parecia muito convicto ou talvez achasse a conversa incômoda. Depois minha avó morreu, a casa foi vendida, eu fui morar sozinha sem marido nem filhos, meu pai ficou com um apartamento em Balvanera, e me esqueci da anjinha.

Até que ela apareceu ao lado da cama, no meu apartamento, dez anos depois, chorando, numa noite de tempestade.

A anjinha não parece um fantasma. Não flutua nem é pálida nem usa vestido branco. Está meio apodrecendo e não fala. Na primeira vez que ela apareceu, pensei que estava sonhando e tentei acordar do pesadelo; quando não consegui e comecei a entender que aquilo era real, gritei e chorei e me cobri com os lençóis, os olhos bem fechados e as mãos tapando os ouvidos para não a escutar, porque naquela época eu não sabia que ela era muda. Mas, quando saí de baixo dos lençóis, algumas horas depois, a anjinha continuava lá, com os restos de uma manta velha sobre os ombros como um poncho. Apontava com o dedo para fora, na direção da janela e da rua, e assim percebi que era dia. É estranho ver um morto de dia. Perguntei o que ela queria, mas, como resposta, ela continuou apontando, como em um filme de terror.

Eu me levantei e fui correndo até a cozinha, em busca das luvas que usava para lavar a louça. A anjinha me seguiu. Era só uma primeira amostra de sua personalidade exigente. Não tive medo. Com as luvas postas, agarrei seu cangotezinho e apertei. Não é muito coerente tentar enforcar um morto, mas não dá para ser desesperado e sensato ao mesmo tempo. Não lhe provoquei nem uma tosse, só fiquei com os restos de carne em decomposição entre os dedos enluvados e ela com a traqueia à mostra.

Até aquele momento não sabia que se tratava de Anjinha, a irmã de minha avó. Continuava a fechar os olhos com força para ver se ela desaparecia e eu acordava. Como não funcionava, dei a volta e vi, em suas costas, pendendo dos restos amarelados do que agora sei que era a mortalha rosa, duas asinhas toscas de papelão com penas de galinha coladas. Depois de tantos anos deveriam ter desaparecido, pensei, e então ri um pouco histérica e disse a mim mesma que havia um bebê morto na cozinha, que era minha tia-avó e que andava, ainda que pelo tamanho devesse ter vivido apenas uns três meses. Eu definitivamente tinha que parar de pensar em termos do que era possível e do que não era.

Perguntei se ela era minha tia-avó Anjinha — como não haviam tido tempo de registrá-la com um nome legal, era outra época, sempre a chamaram por esse nome genérico —; descobri assim que ela não falava, mas respondia balançando a cabeça. Então minha avó tinha dito a verdade, pensei, não eram do galinheiro, eram ossinhos da sua irmã os que eu desenterrei quando criança.

O que a Anjinha queria era um mistério, porque não fazia nada além de mexer a cabeça afirmativa ou negativamente. Mas alguma coisa ela queria com extrema urgência, porque não só continuava apontando, como também não me deixava em paz. Seguia-me por toda a casa. Esperava por mim atrás da cortina do chuveiro quando eu tomava banho; sentava-se no bidê quando eu fazia xixi ou cocô; parava ao lado da geladeira quando eu lavava a louça; e se sentava ao lado da cadeira quando eu trabalhava no computador.

Continuei levando minha vida normalmente na primeira semana. Acreditava que talvez fosse um pico de estresse com alucinação e que passaria. Pedi uns dias de folga no trabalho, tomei remédios para dormir. A anjinha continuava lá, ao lado da cama, esperando que eu acordasse. Alguns amigos me visitaram. A princípio não quis responder às mensagens nem abrir a porta para eles, mas, para que não ficassem mais preocupados, aceitei vê-los e aleguei estafa mental. Eles compreenderam, você esteve trabalhando feito uma condenada, me diziam. Nenhum deles viu a anjinha. A primeira vez que minha amiga Marina me visitou meti a anjinha no armário, mas, para meu horror e desgosto, ela escapou e se sentou no braço da poltrona, com aquele rosto podre feio cor de azinhavre. Marina nem percebeu.

Pouco depois levei a anjinha para a rua. Nada. Exceto por aquele senhor que a olhou de passagem e então se virou e a olhou de novo e seu rosto se desfigurou, a pressão deve ter baixado; ou pela senhora que saiu correndo em linha reta e quase foi atropelada pelo ônibus 45 na rua Chacabuco. Algumas pessoas tinham que vê-la, eu imaginava, certamente não muitas. Para poupar-lhes o mal-estar, quando saíamos juntas — ou melhor dizendo, quando ela me seguia e não me restava outra opção senão deixá-la me acompanhar —, eu levava uma espécie de mochila para carregá-la (é feio vê-la andar, é tão pequenininha, é antinatural). Também comprei para ela uma bandagem do tipo mais caro para o rosto, dessas usadas para cobrir cicatrizes de queimaduras. As pessoas quando a veem agora sentem nojo, mas também comoção e pena. Veem um bebê muito doente ou ferido, não mais um bebê morto.

Se papai me visse agora, eu pensava, ele, que sempre reclamava que ia morrer sem netos (e morreu, eu o decepcionei nisso e em muitas outras coisas)... Comprei brinquedos para ela se entreter, chupetas para morder e bonecas e dados de plástico, mas ela não parecia gostar muito de nada e continuava com o bendito dedo apontado para o sul — me dei conta disso, era sempre para o sul —, manhã, tarde e noite. Eu falava com ela e lhe fazia perguntas, mas ela não conseguia se comunicar direito.

Até que numa manhã ela apareceu com uma foto da minha casa de infância, a casa onde eu havia encontrado seus ossinhos no quintal. Tirou-a da caixa em que as guardo: um nojo, deixou todas as outras manchadas por sua pele podre que se desprendia, úmidas e pegajosas. Agora apontava a casa com o dedo, bem insistente. Você que ir lá, perguntei a ela, e me respondeu que sim. Expliquei que a casa não era mais nossa, que a tínhamos vendido, e ela me respondeu que sim de novo.

Carreguei-a na mochila com a máscara posta e pegamos o 15 até Avellaneda. Ela não olha pela janela durante as viagens, nem olha para as pessoas nem se distrai com nada, dá ao exterior a mesma importância que dá aos brinquedos. Coloquei-a sentada em meu colo para que ficasse confortável, embora eu não saiba se ela é capaz de ficar confortável ou se isso significa alguma coisa para ela, nem sequer sei o que sente. Só sei que não é má e que tive medo dela no começo, mas há muito tempo não tenho.

Chegamos àquela que foi minha casa por volta das quatro da tarde. Como sempre no verão, havia um cheiro forte do córrego e de gasolina na avenida Mitre, misturado ao fedor de lixo. Atravessamos andando a praça, então passamos pelo sanatório Itoiz, onde minha avó morreu, e finalmente contornamos o campo do Racing. Atrás ficava minha antiga casa, a dois quarteirões de distância do estádio. Mas agora que estava na porta, o que fazer? Pedir aos novos proprietários que me deixassem entrar? Com que pretexto? Eu sequer havia pensado nisso. Andar por toda parte com um bebê morto claramente estava me afetando as ideias.

Anjinha foi quem cuidou da situação. Não era necessário entrar. Dava para espiar o quintal pela meia parede, era só o que ela queria, ver o quintal. Nós duas espiamos, ela em meus braços — a meia parede era bem baixa, devia estar malfeita. Lá, onde costumava estar o quadrado de terra, havia uma piscina de plástico azul, embutida em um buraco no chão. Evidentemente, haviam retirado toda a terra para fazer o buraco, e com essa ação tinham jogado os ossos da anjinha sabe-se lá onde, haviam sido revirados, perderam-se. Tive pena, coitadinha, e disse que sentia muito, que não podia resolver a situação; disse até que me arrependia de não os ter desenterrado de novo quando a casa foi vendida, para sepultá-los em um lugar sossegado ou perto da família se ela assim quisesse. Sim, podia tranquilamente ter colocado os ossos dentro de uma caixa ou um vaso e os levado para casa! Agi mal com ela e lhe pedi desculpas. Anjinha disse que sim. Entendi que aceitava as desculpas. Perguntei se agora estava calma e iria embora, se me deixaria em paz. Disse que não. Bom, respondi, e como eu não tinha gostado de sua resposta saí andando rápido até o ponto do 15 e a obriguei a correr atrás de mim com seus pés descalços que, de tão podres, deixavam despontar os ossinhos brancos.

2. A VIRGEM DA PEDREIRA

Silvia morava sozinha em seu apartamento alugado, com um pé de maconha de um metro e meio no pátio e um colchão no chão do quarto enorme. Tinha seu próprio escritório no Ministério da Educação, um salário, pintava os longos cabelos de preto-azeviche e usava túnicas indianas de mangas largas na altura dos pulsos, com fios prateados que brilhavam sob o sol. Era de Olavarría e tinha um primo que havia desaparecido misteriosamente enquanto percorria o interior do México. Era nossa amiga "adulta", a que cuidava da gente quando saíamos e que nos emprestava a casa para que pudéssemos fumar baseado e encontrar com garotos. Mas queríamos vê-la arruinada, desamparada, destruída. Porque Silvia sempre sabia mais: se alguma de nós descobrisse Frida Kahlo, ah, ela já havia visitado a casa de Frida com seu primo no México, antes que ele desaparecesse. Se experimentássemos uma droga nova, ela já havia tido uma overdose da mesma substância. Se descobríssemos uma banda de que gostássemos, ela *já havia deixado* de ser fã da tal banda. Odiávamos que ela tivesse o cabelo liso e pesado, negríssimo, pintado com uma tinta que não conseguíamos encontrar em nenhum cabeleireiro normal. De qual marca seria? Ela provavelmente nos teria contado, mas nunca lhe perguntamos. Odiávamos que sempre tivesse grana para mais uma cerveja, para mais vinte e cinco gramas, para mais uma pizza. Como era possível? Ela dizia que além do salário dispunha da conta do pai, rico, que não a via nem a tinha reconhecido, mas que depositava dinheiro no banco. Era mentira, claro. Tão mentira quanto a história de que sua irmã era modelo: havíamos visto a garota quando ela visitou Silvia e não era nada de mais, uma morena baixinha de bunda grande e cachos rebeldes fixados com gel, mais cafona impossível, extremamente comum, não podia nem sonhar em subir em uma passarela.

Mas acima de tudo queríamos vê-la derrotada porque Diego gostava dela. Conhecemos Diego em Bariloche, em nossa viagem de formatura. Era magro, tinha sobrancelhas grossas e sempre usava uma camiseta diferente dos Rolling Stones (uma com a língua, outra com a capa do *Tatuado*, outra com Jagger segurando um microfone com a ponta do cabo em forma de cabeça de cobra). Diego tocou no violão canções para a gente após a cavalgada, quando a noite caía perto da colina da Catedral, e depois no hotel nos ensinou a dose exata de vodka e laranja para fazer um bom *screwdriver*. Ele nos tratou bem, mas só quis nos beijar, não quis ir para a cama com nenhuma de nós, talvez porque fosse mais velho (havia repetido, tinha dezoito anos) ou porque não gostasse da gente. Então, quando voltamos para Buenos Aires, ligamos para ele e o convidamos para uma festa. Ele prestou atenção em nós por um tempo até que Silvia lhe deu papo. E a partir daí continuou a nos tratar bem, é verdade, mas Silvia o monopolizava e o deslumbrava (ou o sobrecarregava: as opiniões estavam divididas) com suas histórias de México e peiote e caveiras de açúcar. Ela também era mais velha, tinha terminado o ensino médio havia dois anos. Diego não tinha viajado muito, mas queria fazer um mochilão pelo Norte naquele mesmo verão; Silvia havia feito aquele percurso (claro!) e lhe dava dicas, dizia para ele telefonar que ela recomendaria hotéis baratos e casas de família que davam alojamento, e ele acreditava em tudo, apesar de Silvia não ter uma única foto, nem uma, para provar que aquela viagem — ou qualquer uma das outras, era muito viajada — havia sido real.

Foi ela quem surgiu com a ideia dos lagos de pedreiras naquele verão, e tivemos que admitir: foi uma ideia muito boa. Silvia odiava as piscinas públicas e de clubes, até as de chácaras e casas de fim de semana: dizia que a água não era fresca, sentia que estava parada. Como o rio mais próximo estava poluído, ela não tinha onde nadar. Nós pensávamos "quem Silvia pensa que é, como se tivesse nascido em uma praia no sul da França". Mas Diego ouviu a explicação de por que ela queria água "fresca" e concordou plenamente. Eles conversaram um pouco sobre mares, cachoeiras e córregos até que Silvia mencionou as pedreiras. Alguém no trabalho dele lhe dissera que era possível encontrar um monte na estrada para o sul, e que a pessoas mal as usavam para tomar banho, porque tinham medo, diziam que eram perigosas. Ali mesmo ela sugeriu que fôssemos no fim de semana seguinte, e nós aceitamos imediatamente porque sabíamos que Diego ia dizer que sim e não queríamos que os dois fossem sozinhos. Talvez, se visse o corpo feio dela, as pernas bem grossas, que Silvia dizia que era porque tinha jogado hóquei quando criança, mas metade de nós havia jogado hóquei e nenhuma tinha aqueles pernis; a bunda chata e os quadris largos, que a deixavam tão mal de calça jeans; se visse esses defeitos (além dos pelos que ela nunca depilava direito, talvez não conseguisse arrancar pela raiz, era muito morena), talvez Diego deixasse de gostar de Silvia e finalmente prestasse atenção em nós.

Ela pesquisou um pouco e disse que devíamos ir ao lago da pedreira da Virgem, que era o melhor, o mais limpo. Também era o maior, o mais fundo e o mais perigoso de todas as pedreiras. Ficava muito longe, quase no final do trajeto do 307, quando o ônibus já pegava a estrada. A pedreira da Virgem era especial porque, diziam, quase ninguém se banhava lá. O perigo que afastava as pessoas não era a profundidade: era o proprietário. Diziam que alguém a havia comprado, e aceitamos: nenhuma de nós sabia para que servia uma pedreira nem se era possível comprar uma, mas não nos parecia estranho que tivesse dono e que ele não quisesse desconhecidos se banhando em sua propriedade.

Segundo diziam, quando havia intrusos, o dono aparecia por trás de uma colina em sua caminhonete e atirava neles. Às vezes soltava os cachorros também. Tinha decorado sua pedreira particular com um altar gigante, uma gruta para a Virgem em um dos lados do lago principal. Era possível chegar contornando a pedreira por um caminho de terra do lado direito, um caminho que começava em uma entrada improvisada, perto da estrada, marcada por um estreito arco de ferro. Do outro lado estava a colina de onde podia surgir a caminhonete. A água diante da Virgem era totalmente parada, negra. Desse lado, uma prainha de terra argilosa.

Fomos todos os sábados daquele janeiro, o calor era tempestuoso e a água muito fria: era como mergulhar em um milagre. Até nos esquecemos um pouco de Diego e Silvia. Eles também haviam se esquecido um do outro, maravilhados pelo frescor e o segredo. Tentávamos ficar calados, não fazer barulho para não acordar o dono oculto. Nunca vimos ninguém, embora às vezes houvesse algumas pessoas no ponto de ônibus na volta, e elas deviam supor que voltávamos da pedreira por conta do nosso cabelo molhado e do cheiro que ficava impregnado na nossa pele, cheiro de pedra e sal. Uma vez o motorista do ônibus nos disse algo estranho: que tivéssemos cuidado com os cachorros soltos, meio selvagens. Sentimos um calafrio, mas no fim de semana seguinte estivemos tão sozinhos quanto das outras vezes, não escutamos nem mesmo um latido distante.

E podíamos ver que Diego começava a olhar com interesse para nossas coxas douradas, nossos tornozelos finos, as barrigas chapadas. Continuava mais próximo de Silvia e ainda parecia fascinado, embora já tivesse percebido que nós éramos muito, muito mais bonitas. O problema era que os dois nadavam muito bem e, embora brincassem com a gente na água e nos ensinassem algumas coisas, às vezes se entediavam e se afastavam nadando rápido, com precisão. Era impossível alcançá-los. O lago da pedreira era realmente enorme; nós, próximas da margem, víamos as duas cabeças escuras flutuando acima da superfície, e víamos seus lábios se moverem, mas não tínhamos ideia do que diziam. Riam muito, isso, sim, e Silvia tinha uma risada escandalosa, precisávamos repreendê-la para que baixasse a voz. Os dois pareciam tão felizes. Sabíamos que em pouco tempo se lembrariam de como gostavam um do outro, que o frescor do verão perto da estrada era uma coisa passageira. Tínhamos que os deter. Nós havíamos encontrado Diego, ela não podia ficar com tudo.

Diego estava cada dia melhor. A primeira vez que tirou a camiseta descobrimos que tinha as costas largas, os ombros caídos e fortes, e uma pele tom de areia nas costas, logo acima da calça, que era simplesmente linda. Ele nos mostrou como fazer uma marica para o baseado com a caixinha de fósforos e cuidou que não entrássemos na água loucas demais, para que não nos afogássemos drogadas. Ele ripava álbuns de bandas que, pensava, nós tínhamos que conhecer, e depois tomava nossa lição, era adorável, ficava feliz quando percebia que havíamos gostado de verdade de alguma de suas preferidas. Nós escutávamos com devoção e procurávamos mensagens — ele queria nos dizer alguma coisa? —, por via das dúvidas até traduzíamos as canções que estavam em inglês usando o dicionário; líamos as letras por telefone e debatíamos. Era muito confuso, havia dezenas de mensagens cruzadas.

Toda a especulação foi cortada a seco — como se tivessem passado uma faca gelada por nossa coluna vertebral — quando ficamos sabendo que Silvia e Diego estavam namorando. Quando? Como? Eles eram mais velhos, não tinham por que estar em casa cedo, Silvia tinha seu próprio apartamento, que estupidez aplicar a eles nossas limitações de pirralhas. E olha que nós fugíamos bastante, mas mesmo assim éramos controladas com horários, celular e pais que se conheciam e nos levavam aos lugares — boates, casas de amigas, nossas casas, clube — de carro.

Soubemos dos detalhes rapidamente, e não eram nada espetaculares. Fazia um tempo que se encontravam a sós, sem nós; à noite, na verdade, mas às vezes ele passava pelo Ministério para buscá-la e iam beber algo, e outras vezes dormiam juntos no apartamento dela. Com certeza fumavam na cama um baseado do pé de maconha de Silvia depois de treparem. Algumas de nós não haviam trepado ainda aos dezessete anos, um horror; pagar boquete, sim, já sabíamos muito bem como fazer, mas trepar, só algumas, não todas. Sentimos um ódio terrível. Queríamos que Diego fosse nosso; não queríamos que fosse nosso namorado, queríamos apenas que trepasse com a gente, que nos ensinasse do mesmo jeito que nos ensinava sobre rock, preparar drinks e nadar borboleta.

De todas, a mais obcecada era Natalia. Ela ainda era virgem. Dizia que queria se guardar para alguém que valesse a pena, e Diego valia a pena. Quando metia algo na cabeça, era muito difícil que desistisse. Certa vez, tomou vinte comprimidos de sua mãe quando foi proibida de ir à boate por uma semana — as notas no colégio eram um desastre. Permitiram que ela continuasse a ir, mas a mandaram ao psicólogo. Natalia faltava e gastava a grana das sessões em suas coisas. Com Diego queria algo especial. Não queria se jogar em cima dele. Queria que ele a amasse, que gostasse dela, queria enlouquecê-lo. Mas nas festas, quando se aproximava para falar com ele, Diego sorria de lado e continuava a conversar com qualquer uma de nós. Ele não atendia os telefonemas dela, e quando atendia as conversas eram lânguidas e ele sempre as interrompia. Na pedreira, não ficava olhando o corpo dela, as pernas longas e fortes e a bunda firme, ou olhava para ela como quem olha para uma planta meio sem graça, um fícus, por exemplo. E era isso que Natalia não podia aceitar. Ela não sabia nadar, mas se molhava na beira e depois saía da água fria com o maiô amarelo colado ao corpo bronzeado, tão colado que marcava os mamilos, eriçados pela água gelada; e Natalia sabia que qualquer outro que a visse bateria punheta até morrer, mas Diego não, preferia a preta da bunda chata! Nós concordávamos que era incompreensível.

Certa tarde, quando íamos para a aula de educação física, ela contou que havia derramado sangue da menstruação no café de Diego. Fez isso na casa de Silvia, onde mais? Os três estavam sozinhos e, num determinado momento, Diego e Silvia foram até a cozinha por alguns minutos pegar biscoitos; o café já estava servido sobre a mesa. Natalia, rapidamente, jogou o que havia conseguido juntar — muito pouco — em um frasquinho mínimo de amostra de perfume. Tinha conseguido recolher o sangue torcendo algodão úmido, um nojo, porque ela sempre usava absorventes externos e internos, tinha colocado algodão apenas para conseguir o sangue. Estava um pouco diluído em água, mas ela dizia que serviria assim mesmo. Havia tirado aquele método de um livro de parapsicologia: diziam que era pouco higiênico, mas infalível para amarrar o ser amado.

Não funcionou. Uma semana depois de Diego beber o sangue de Natalia, a própria Silvia nos disse que estavam namorando, que era oficial. Na vez seguinte que os vimos, não paravam de se beijar. Naquele fim de semana fomos à pedreira, eles de mãos dadas, e não conseguíamos entender. Não conseguíamos entender. O biquíni vermelho com desenhos de corações de uma; a barriga chapada com *piercing* no umbigo de outra; o corte de cabelo descolado com um franjão no rosto, as pernas sem um único pelo, as axilas de mármore. E ele preferia ela? Por quê? Porque trepava com ela? Mas nós também queríamos trepar, não queríamos outra coisa! Ou por acaso ele não percebia quando sentávamos no seu colo apoiando a bunda com bastante força e tentando apalpar o seu pau com a mão, como que por descuido? Ou quando ríamos perto de sua boca, mostrando-lhe a língua? Por que não nos jogávamos em cima dele e pronto? Porque acontecia com todas nós, não era apenas a obsessão de Natalia: queríamos ser escolhidas por Diego. Queríamos estar com ele ainda molhadas da água fria da pedreira, trepando com uma depois da outra, ele deitado na prainha, esperando os tiros do proprietário, e correr até a estrada seminuas sob uma chuva de balas.

Mas não. Estávamos ali sentadas em toda a nossa glória, e ele aos beijos com Silvia bunda chata, velha ainda por cima. O sol queimava, e o nariz de Silvia bunda chata estava descascando, um desastre, usava protetores solares de quinta. Nós, impecáveis. Em um determinado momento, Diego pareceu se dar conta. Ele nos olhou de maneira diferente, como se percebesse que estava com uma preta feia. E disse "Por que não vamos nadando até a Virgem?". Natalia ficou pálida, porque não sabia nadar. Nós sabíamos, mas não nos atrevíamos a atravessar o lago, que era muito profundo e extenso, se nos afogássemos não haveria quem nos salvasse, estávamos no meio do nada. Diego adivinhou: "Sil e eu vamos nadando, vocês vão caminhando junto à margem e nos vemos lá. Quero ver esse altar de perto, bora?"

Dissemos que sim, claro, embora estivéssemos preocupadas, porque se ele dizia "Sil" talvez nossa percepção de que nos olhava de um jeito diferente estivesse errada, simplesmente morríamos de vontade de que fosse assim e já estávamos meio malucas. Começamos a andar. Contornar a pedreira não era fácil: parecia muito menor quando se estava sentado na prainha. Era enorme. Devia ter uns três quarteirões de comprimento. Diego e Silvia avançavam mais do que nós, e víamos as cabeças escuras aparecerem em intervalos, meio douradas sob o sol, tão brilhantes, e os braços fazendo sulcos na água, escorregadios. Em um dado momento tiveram que parar, vimos da margem — nós, sob o sol, com poeira grudada no corpo pelo suor, algumas com dor de cabeça por causa do calor e da luz forte nos olhos, andando como se subíssemos uma ladeira —; nós os vimos parar e conversar, Silvia ria jogando a cabeça para trás e mantendo os braços em movimento para não afundar. Eram metros demais para nadar de uma vez só, eles não eram profissionais. Mas Natalia teve a impressão de que não paravam apenas por cansaço, achou que estavam tramando alguma coisa, "aquela vaca teve alguma ideia", disse, e continuou andando até a Virgem que mal se podia ver dentro da gruta.

Diego e Silvia chegaram bem na hora que nós viramos para andar os últimos cinquenta metros que nos separavam da Virgem. Certamente nos viram bufando, com as axilas cheirando a cebola e o cabelo grudado nas têmporas. Olharam bem para nós, riram do mesmo jeito que haviam feito quando pararam de nadar, e pularam na água de novo, para nadar com toda a velocidade de volta à prainha. Sem mais nem menos. Ouvimos suas gargalhadas debochadas junto com o mergulho. "Tchau, meninas!", Silvia gritou triunfante antes de nadar de volta, e nós lá congeladas apesar do mormaço, que coisa mais estranha, geladas e mais mortas de calor do que nunca, com as orelhas queimando de ódio enquanto os observávamos ir embora rindo de nós idiotas que não sabíamos nadar, imaginando nossas próprias censuras. Humilhadas, a cinquenta metros da Virgem, que ninguém mais queria ver, que nenhuma de nós jamais desejara ver. Olhamos para Natalia. Sua raiva era tanta que as lágrimas não caíam de seus olhos. Dissemos a ela que tínhamos que voltar. Ela disse que não, que queria ver a Virgem. Estávamos cansadas e envergonhadas, sentamos para fumar, dissemos que esperaríamos por ela.

Ela demorou muito, uns quinze minutos. Estranho, estaria rezando? Não perguntamos, nós a conhecíamos bem quando ficava com raiva, havia mordido uma de nós em um ataque de fúria, de verdade, uma mordida enorme no braço que tinha deixado uma marca por quase uma semana. Virou-se para nós, pediu para dar um trago em nossos cigarros — não gostava de fumar cigarros inteiros — e começou a andar. Nós a seguimos. Podíamos ver Silvia e Diego na prainha, secando um ao outro, não os escutávamos direito, mas eles riam, e de repente um grito de Silvia: "Não fiquem bravas, foi uma brincadeira."

Natalia se virou bruscamente. Estava coberta de poeira. Tinha poeira até nos olhos. Olhou fixamente para nós, estudando-nos. Sorriu e disse:

— Não é uma Virgem.

— Quê?

— Tem um manto branco para esconder, para cobri-la, mas não é uma Virgem. É uma mulher vermelha, de gesso, e está pelada. Tem mamilos pretos.

Ficamos com medo. Perguntamos quem era, então. Ela nos disse que não sabia, algo brasileiro. Também disse que havia feito um pedido. Que o vermelho estava muito bem pintado e brilhava, parecia tinta acrílica. Que tinha um cabelo muito bonito, preto e longo, mais escuro e mais sedoso do que o de Silvia. E que, quando se aproximou, o falso manto branco virginal caiu sem que ela o tocasse, como se quisesse que Natalia a reconhecesse. Então ela fez um pedido.

Não dissemos nada. Às vezes ela fazia coisas malucas assim, como a da menstruação no café. Depois passava.

Chegamos de muito mau humor à prainha, e ainda que Silvia e Diego tentassem nos fazer rir, não conseguiram. Vimos como se sentiam culpados. Pediram perdão e desculpas. Admitiram que tinha sido uma piada de mau gosto, chata, pensada para nos envergonhar, mal-intencionada, depreciativa. Tiraram uma cerveja bem gelada do isopor que sempre levávamos para a pedreira, e quando Diego a abriu com seu chaveiro-abridor ouvimos a primeira bufada. Era tão alta, clara e forte que parecia vir de muito perto. Mas Silvia se levantou e apontou para a colina onde o dono aparecia. Havia um cachorro preto. Embora a primeira coisa dita por Diego tenha sido "é um cavalo". Mal terminou de falar, o cachorro latiu, e o latido preencheu a tarde e podemos jurar que fez tremer a superfície da água da pedreira. Era grande como um potro, totalmente preto, e dava para ver que estava disposto a descer a colina. Mas ele não era o único. A primeira bufada tinha vindo de trás de nós, do fundo da praia. Ali bem perto, andavam três cachorros-potros que babavam, seus flancos subiam e desciam, as costelas aparentes, estavam magros. Pensamos que esses não eram os cachorros do dono, eram os cachorros de que o motorista do ônibus havia falado, selvagens e perigosos. Diego fez "shhh" para acalmá-los e Silvia disse "não devemos demonstrar que estamos com medo", e então Natalia, furiosa, finalmente chorando, gritou:

— Seus arrogantes de merda, você é uma preta de bunda chata, você é um idiota, e eles são meus cachorros!

Um deles estava a cinco metros de Silvia. Diego nem prestou atenção em Natalia: posicionou-se diante de sua namorada, para protegê-la, mas então apareceu outro cão atrás dele, e mais dois menores desceram latindo e correndo a colina onde o dono não aparecia, e de repente começaram os rugidos de fome ou de ódio, não sabíamos. O que, sim, sabíamos, o que percebíamos porque era tão óbvio, era que os cachorros nem sequer olhavam para nós. Para nenhuma de nós. Não prestavam atenção na gente, como se não existíssemos, como se ali junto à pedreira estivessem apenas Silvia e Diego. Natalia vestiu uma camiseta e uma saia, sussurrou que nos vestíssemos também, e depois pegou nossas mãos. Andou até a entrada de ferro em forma de arco que levava à estrada, e foi só lá que ela começou a correr até a parada do 307, e nós atrás dela. Se pensamos em procurar ajuda, não dissemos. Se pensamos em voltar, tampouco dissemos. Quando ouvimos da estrada os gritos de Silvia e Diego, rezamos secretamente para que nenhum carro parasse e os escutasse também; às vezes, como éramos tão jovens e bonitas, nos ofereciam carona de graça até a cidade. O 307 chegou e subimos calmamente para não levantar suspeitas. O motorista nos perguntou como estávamos e dissemos que bem, ótimas, tudo tranquilo, tudo tranquilo.

3. O CARRINHO

Juancho estava bêbado naquela tarde e perambulava pela calçada, intimidador, embora ninguém mais no bairro se sentisse ameaçado, ou mesmo inquieto, por sua presença embriagada. No meio do quarteirão, Horacio lavava o carro como todos os domingos, de short e chinelos, a barriga rija e proeminente, os pelos do peito grisalhos, a rádio no jogo. Na esquina, os galegos do bazar bebiam mate com a chaleira no chão, entre as duas cadeiras reclináveis que tinham colocado do lado de fora, porque o sol estava agradável. Do outro lado da rua, os filhos da Coca bebiam cerveja no umbral, e um grupo de meninas de banho recém-tomado e muito maquiadas conversava de pé na porta da garagem de Valeria. Mais cedo, meu pai havia tentado dar boa-tarde e conversar com os vizinhos, mas voltou para dentro como sempre, cabisbaixo, um pouco chateado, porque era gente boa mas não era bom de papo, toda tarde de domingo dizia a mesma coisa. Mamãe espiava pela janela. A televisão aos domingos a entediava, mas ela não tinha vontade de sair. Olhava pelas frestas das persianas entreabertas e de vez em quando nos pedia um chá, um biscoitinho ou uma aspirina. Meu irmão e eu costumávamos ficar em casa aos domingos; às vezes, à noite, dávamos uma volta pelo Centro se papai nos emprestasse o carro.

Mamãe o viu primeiro. Vinha da esquina da Tuyutí, pelo meio da rua, com um carrinho de supermercado lotado, e ainda mais bêbado do que Juancho, mas conseguia empurrar o lixo acumulado, garrafas, papelão, listas telefônicas. Parou em frente ao carro de Horacio, cambaleando. Fazia calor naquela tarde, mas o homem vestia um pulôver velho esverdeado. Devia ter uns sessenta anos. Deixou o carrinho junto ao meio-fio, se aproximou do carro e, bem do lado em que minha mãe podia vê-lo melhor, abaixou as calças.

Ela nos chamou aos gritos. Nós nos aproximamos e espiamos os três pelas frestas das persianas, meu irmão, papai e eu. O homem, que não usava cueca sob as calças encardidas, cagou na calçada, merda mole quase diarreica, e em grande quantidade; o cheiro chegou até nós, fedia tanto a merda quanto a álcool.

Pobre coitado, disse mamãe. Que miséria, a que ponto uma pessoa pode chegar, disse papai.

Horacio estava atônito, mas dava para ver que começava a se enfurecer, porque seu pescoço ficou vermelho. Mas antes que pudesse reagir, Juancho atravessou a rua, correndo, e empurrou o homem, que ainda não tivera tempo de se levantar nem de subir as calças. O velho caiu sobre a própria merda, que lhe besuntou o pulôver e a mão direita. Só murmurou um "ai".

— Preto de merda! — gritou Juancho. — Favelado filho da puta, você não vai vir aqui cagar no nosso bairro, preto cara de pau!

Juancho o chutou no chão. E também sujou os pés de merda, estava de chinelos.

— Levanta, fiadaputa, levanta e lava a calçada do Horacio, aqui não se brinca, volta pra favela, filho de uma puta.

E continuou a chutá-lo, no peito, nas costas. O homem não conseguia se levantar; parecia não entender o que estava acontecendo. De repente, começou a chorar.

Não é para tanto, disse papai. Como é que você humilha o pobre coitado assim, disse mamãe, e se levantou e se dirigiu até a porta. Nós a seguimos. Quando mamãe chegou à calçada, Juancho havia levantado o homem, que choramingava e pedia perdão, e tentava colocar nas mãos dele a mangueira com a qual Horacio estava lavando o carro, para que limpasse sua própria merda. O quarteirão fedia. Ninguém ousava se aproximar. Horacio disse "Juancho, chega", mas em voz baixa.

Minha mãe interveio. Todos a respeitavam, principalmente Juancho, porque ela costumava lhe dar uns trocados para o vinho quando ele lhe pedia; os outros a tratavam com deferência porque mamãe era fisioterapeuta, mas todos pensavam que era médica e a chamavam de doutora.

— Deixa ele em paz. Deixa ele ir e pronto. Nós limpamos. Está bêbado, não sabe o que faz, não precisa bater nele.

O velho olhou para mamãe e ela disse:

— Senhor, peça desculpas e vá embora.

Ele murmurou alguma coisa, soltou a mangueira e, ainda com as calças arriadas, quis empurrar o carrinho.

— A doutora aqui poupou a sua vida, preto fodido, mas o carrinho você não leva. Você vai pagar pela sujeira, cara de pau do caralho, aqui no bairro não se brinca.

Mamãe tentou dissuadir Juancho, mas ele estava bêbado e furioso, gritava como um justiceiro, e em seus olhos não restava nada branco, era tudo preto e vermelho, como as cores do short que usava. Ele se colocou na frente do carrinho e não deixou que o homem o empurrasse. Eu tive medo de que começasse outra briga — outra surra de Juancho, na verdade —, mas o homem pareceu acordar. Subiu o fecho das calças — não tinham botão — e voltou a andar pelo meio da rua, em direção à Catamarca; todos o observaram partir, os galegos sussurrando que barbaridade, os filhos da Coca às gargalhadas, algumas das garotas na porta da garagem de Valeria rindo de nervoso, outras cabisbaixas e envergonhadas. Horacio xingava em voz baixa. Juancho pegou uma garrafa do carrinho, girou-a no ar e arremessou-a na direção do homem, mas ela passou muito longe dele e se espatifou no asfalto. O homem, assustado com o barulho, virou-se e gritou algo ininteligível. Não sabíamos se ele falava outra língua (mas qual?) ou se simplesmente não conseguia articular as palavras por conta da embriaguez. Mas antes de sair correndo em zigue-zague, fugindo de Juancho que o perseguia aos berros, olhou para mamãe com toda a lucidez e assentiu. Duas vezes. Disse mais alguma coisa, virando os olhos, abrangendo todo o quarteirão e além. Depois desapareceu na esquina. Juancho, bêbado demais, não o seguiu. Apenas continuou gritando por um bom tempo.

Nós entramos em casa. Os vizinhos continuariam falando sobre o ocorrido durante toda a tarde e a semana inteira. Horacio usou a mangueira, resmungando sem parar pretos de merda, pretos de merda.

Este bairro não dá mais, disse mamãe, fechando a persiana.

Alguém, provavelmente o próprio Juancho, moveu o carrinho até a esquina da Tuyutí e o deixou estacionado em frente à casa abandonada de dona Rita, que havia morrido no ano anterior. Alguns dias depois, ninguém mais prestava atenção nele.

A princípio, sim, porque esperavam que o favelado — que outra coisa poderia ser — voltasse para buscá-lo. Mas ele não apareceu, e ninguém sabia o que fazer com as coisas dele. Então ficaram ali, e um dia se molharam com a chuva, e o papelão úmido se desmanchou e cheirou mal. Algo mais fedia em meio às tranqueiras, provavelmente comida apodrecida, mas o nojo impedia que alguém o limpasse. Bastava passar longe do carrinho, andar bem perto das casas e não olhar para ele. No bairro havia sempre cheiros ruins, do lodo esverdeado que se acumulava junto ao meio-fio e do Riachuelo, quando um determinado vento soprava, sobretudo ao entardecer.

Tudo começou uns quinze dias depois da chegada do carrinho. Talvez tenha começado antes, mas foi preciso o acúmulo de desgraças para que a vizinhança percebesse que a sequência era estranha. O primeiro foi Horacio. Ele tinha uma delicatéssen no Centro, estava indo bem. Uma noite, quando estava fechando o caixa, entraram para roubá-lo e levaram tudo. Coisas de subúrbio. Mas, nessa mesma noite, quando foi ao caixa eletrônico sacar dinheiro, depois de dar queixa — inútil, como na maioria dos roubos, entre outras coisas porque os ladrões entraram encapuzados —, descobriu que não tinha um peso na conta. Ligou para o banco, fez um escândalo, chutou portas, ameaçou um funcionário e chegou até o gerente da agência, e depois ao da rede bancária. Mas não houve jeito: o dinheiro tinha sumido, alguém o havia sacado, e Horacio, da noite para o dia, estava arruinado. Vendeu o carro. Pagaram-lhe menos do que esperava.

Os dois filhos da Coca perderam o emprego que tinham na oficina mecânica da avenida. Sem aviso prévio; o dono nem deu explicação. Eles o xingaram de tudo quanto é nome, e ele os expulsou aos pontapés. Para completar, a Coca não recebia a pensão. Os filhos procuraram emprego por uma semana, e então se dedicaram a gastar as economias em cerveja. A Coca se meteu na cama dizendo que queria morrer. Ninguém mais vendia fiado para eles. Não tinham nem para o ônibus.

Os galegos tiveram que fechar o bazar. Porque não se tratava apenas dos filhos da Coca ou de Horacio: cada vizinho, de repente, em questão de dias, perdeu tudo. A mercadoria da banca de jornal desapareceu misteriosamente. Do motorista particular, roubaram o carro. O marido e único provedor de Mari — pedreiro — caiu de um andaime e morreu. As garotas tiveram que sair das escolas particulares porque os pais não podiam pagá-las: o pai dentista não tinha mais clientela, a costureira tampouco; um curto-circuito queimou todas as geladeiras do açougueiro.

Em dois meses, ninguém mais tinha telefone no bairro por falta de pagamento. Em três meses, tiveram que puxar energia direto do poste porque não podiam pagar a luz. Os filhos da Coca começaram a roubar e um deles, o mais inexperiente, foi preso pela polícia. O outro certa noite não voltou; talvez o tenham matado. O motorista se aventurou, andando, até o outro lado da avenida. Lá, disse ele, estava tudo perfeitamente bem. Até três meses depois do começo, as lojas do outro lado da avenida vendiam fiado. Mas eventualmente pararam de fiar.

Horacio pôs a casa à venda.

Todos trancavam suas casas com cadeados velhos, porque não havia dinheiro para alarmes nem fechaduras mais eficientes; começaram a sumir coisas nas residências, televisões e rádios e aparelhos de som e computadores, e alguns vizinhos foram vistos carregando de dois a três eletrodomésticos em carrinhos de compras ou apenas com a força dos braços. Levavam tudo para as casas de leilão e lojas de segunda mão do outro lado da avenida. Outros vizinhos, porém, se organizaram e, quando tentavam botar suas portas abaixo, brandiam panelas ou revólveres, caso os tivessem. Cholo, o quitandeiro da esquina, partiu a cabeça do motorista com a grelha que usava para fazer churrasco. A princípio um grupo de mulheres se organizou para distribuir a comida que restava nos congeladores, mas, quando descobriram que algumas mentiam e escondiam alimentos, a boa vontade foi para o saco.

A Coca comeu o próprio gato e depois se suicidou. Foi preciso ir à sede do Serviço Social da avenida para que levassem seu corpo e o enterrassem de graça. Um funcionário de lá quis saber mais, contaram-lhe, e a televisão veio com câmeras para registrar o azar localizado que afundava na miséria três quarteirões do bairro. Acima de tudo, queriam saber por que os vizinhos mais distantes, aqueles que moravam a quatro quarteirões, por exemplo, não eram solidários.

Vieram assistentes sociais e distribuíram comida, mas apenas desencadearam mais guerras. Em cinco meses, nem a polícia entrava, e os que ainda saíam para assistir à televisão nos aparelhos expostos nas vitrines das lojas de eletrodomésticos da avenida diziam que não se falava de outra coisa nos noticiários. Mas logo ficaram isolados, porque os da avenida os expulsavam se os reconhecessem.

Digo ficaram porque nós, sim, tínhamos tevê, e luz, e gás, e telefone. Dizíamos que não, e vivíamos tão confinados quanto os outros; se cruzássemos com alguém, mentíamos: nós comemos o cachorro, comemos as plantas, venderam fiado ao Diego — meu irmão — numa loja a vinte quarteirões daqui. Minha mãe conseguia sair para trabalhar pulando sobre os telhados (não era tão difícil assim em um bairro em que todas as casas eram baixas). Meu pai conseguia sacar o dinheiro da aposentadoria no caixa eletrônico e pagávamos as contas on-line, porque ainda tínhamos internet. Não fomos saqueados; respeito à doutora, talvez, ou atuávamos bem demais.

Foi Juancho que, depois de roubar bebida de uma loja de conveniência distante, enquanto bebia o vinho direto do gargalo sentado na calçada, começou a gritar e xingar. "É a porra do carrinho, o carrinho do favelado." Por horas gritou, por horas andou pela rua, socando portas e janelas, "é o carrinho, é culpa do velho, temos que ir atrás dele, vamos, cagões de merda, ele nos jogou uma macumba". A fome era mais visível em Juancho do que nos outros, porque nunca tivera nada e vivia das moedas que coletava diariamente, tocando as campainhas (sempre lhe davam, por medo ou compaixão, vai saber). Naquela mesma noite ele colocou fogo no carrinho, e os vizinhos olharam as chamas pela janela. Alguma razão Juancho tinha. Todos haviam pensado que era o carrinho. Algo ali dentro. Alguma coisa contagiosa que ele havia trazido da favela.

Naquela mesma noite, papai nos reuniu na sala de jantar para conversar. Disse que tínhamos que ir embora. Que iam perceber que estávamos imunes. Que Mari, a vizinha do lado, estava um pouco desconfiada, porque era muito difícil esconder o cheiro de comida, apesar de termos o cuidado de vedar a porta para que a fumaça ou o aroma não passassem por debaixo. Que a nossa sorte ia acabar, que tudo estava indo por água abaixo. Mamãe concordava. Disse que tinha sido vista pulando o telhado dos fundos. Não podia ter certeza absoluta, mas havia sentido os olhares. Diego também. Contou que uma tarde, quando levantou as persianas, havia visto alguns vizinhos saírem correndo, mas que outros o tinham encarado, desafiadores; maus, já loucos. Quase ninguém nos via, por conta do confinamento, mas para continuar a fingir teríamos que sair em breve. E não estávamos magros nem abatidos. Estávamos assustados, mas o medo não se assemelha ao desespero.

Ouvimos o plano de papai, que não parecia muito sensato. Mamãe contou o dela, um pouco melhor, mas nada de outro mundo. Aceitamos o de Diego: meu irmão sempre conseguia pensar de maneira mais simples e fria.

Fomos deitar, mas ninguém conseguiu dormir. Depois de me revirar muito na cama, bati na porta do quarto de meu irmão. Encontrei-o sentado no chão. Estava muito pálido, todos nós estávamos assim, por falta de sol. Perguntei a ele se achava que Juancho tinha razão. Ele fez que sim com a cabeça.

— Mamãe nos salvou. Você viu como o homem olhou para ela antes de ir embora? Ela nos salvou.

— Até agora.

— Até agora — repetiu ele.

Naquela noite, sentimos cheiro de carne queimada. Mamãe estava na cozinha; nós nos aproximamos para repreendê-la, tinha ficado maluca, fritar um bife àquela hora, eles iam perceber. Mas mamãe tremia ao lado da bancada.

— Isso não é carne comum — disse.

Mal abrimos a persiana e olhamos para cima. Vimos que a fumaça chegava da varanda da casa da frente. E era preta, e não cheirava como nenhuma outra fumaça conhecida.

— Que velho favelado filho da puta — disse mamãe, e começou a chorar.

4. O POÇO

Tenho medo desta coisa escura
Que dorme em mim;
O dia todo sinto seu roçar suave e macio, sua maldade.

SYLVIA PLATH

Josefina se lembrava do calor e da superlotação dentro do Renault 12 como se a viagem tivesse acontecido alguns dias antes e não quando ela tinha seis anos, logo após o Natal, sob o sol sufocante de janeiro. Seu pai dirigia quase sem falar; sua mãe ia no banco da frente, e no de trás Josefina ficara presa entre a irmã e a avó Rita, que descascava tangerinas e inundava o carro com o cheiro da fruta superaquecida. Iam de férias a Corrientes, para visitar os tios maternos, mas isso era apenas parte do grande motivo da viagem, que Josefina não podia imaginar. Ela se lembrava de que ninguém falava muito; sua avó e sua mãe usavam óculos escuros e só abriam a boca para alertar sobre algum caminhão que passava perto demais do carro, ou para pedir ao pai que reduzisse a velocidade, tensas e atentas à espera de um acidente.

Tinham medo. Estavam sempre com medo. No verão, quando Josefina e Mariela queriam tomar banho na Pelopincho, a avó Rita enchia a piscina de plástico só com dez centímetros de água e vigiava cada chapinhar sentada em uma cadeira sob a sombra do limoeiro do quintal, para chegar a tempo caso as netas se afogassem. Josefina se lembrava de que a mãe chorava e telefonava para médicos e ambulâncias de madrugada se ela ou a irmã tivessem uma febre baixa. Ou as fazia faltar à escola por conta de um resfriado inofensivo. Nunca lhes dava permissão para dormir na casa de amigas e mal as deixava brincar na calçada; quando permitia, podiam vê-la vigiando-as pela janela, escondida atrás das cortinas. Às vezes Mariela chorava de noite, dizendo que alguma coisa se movia embaixo de sua cama, e nunca conseguia dormir com a luz apagada. Josefina era a única que não tinha medo, como o pai. Até aquela viagem a Corrientes.

Ela mal lembrava quantos dias haviam passado na casa dos tios, nem se haviam ido à avenida Costanera ou se tinham ido caminhar pelo Centro. Mas ela se lembrava perfeitamente da visita à casa de dona Irene. Naquele dia o céu estava nublado, mas fazia muito calor, como sempre acontecia em Corrientes antes de uma tempestade. O pai não as acompanhou; a casa de dona Irene ficava próxima à dos tios, e as quatro tinham ido andando acompanhadas por tia Clarita. Não a chamavam de bruxa, se referiam a ela como A Senhora; sua casa tinha um belo jardim na frente, um pouco lotado demais de plantas, e quase no centro havia um poço pintado de branco. Quando Josefina o viu, soltou a mão da avó e correu, ignorando os uivos de pânico, para vê-lo de perto e espiar dentro dele. Não conseguiram detê-la antes que visse a água estagnada no fundo.

Sua mãe lhe deu um safanão que a teria feito chorar se Josefina não estivesse acostumada àqueles golpes nervosos que terminavam em lágrimas e abraços e "minha menininha, minha menininha, imagina se acontece alguma coisa com você". Que tipo de coisa, Josefina havia pensado. Se ela nunca pensara em se jogar.

Se ninguém ia empurrá-la. Se ela apenas queria ver se a água refletia seu rosto, como sempre acontecia nos poços das histórias, seu rosto como uma lua com cabelos loiros na água negra.

Josefina se divertira naquela tarde na casa d'A Senhora. A mãe, a avó e a irmã, sentadas em bancos, haviam deixado que Josefina bisbilhotasse as oferendas e as guloseimas que se amontoavam diante do altar; enquanto isso, tia Clarita, respeitosa, esperava no jardim, fumando. A Senhora falava, ou rezava, mas Josefina não conseguia se lembrar de nada estranho, nem cânticos, nem fumaça, nem mesmo se ela havia tocado a família com as mãos. Apenas lhes sussurrava baixo o suficiente para que a menina não pudesse escutar o que dizia, mas Josefina não se importava: sobre o altar descobria sapatinhos de bebê, buquês de flores e galhos secos, fotografias coloridas e em preto e branco, cruzes decoradas com laços vermelhos, santinhos de oração, muitos rosários — de plástico, de madeira, de metal prateado — e a imagem feia do santo para o qual sua avó rezava, São Morte, um esqueleto com uma foice, replicado em diferentes tamanhos e materiais, às vezes tosco, outras esculpido em detalhes, com os buracos dos globos oculares muito escuros e o sorriso largo.

Depois de um tempo, Josefina ficou entediada e A Senhora lhe disse: "Menina, por que você não se deita lá no sofá, vai." Ela fez isso e adormeceu instantaneamente, sentada. Quando acordou, já era noite e tia Clarita havia se cansado de esperar. Tiveram que voltar andando, sozinhas. Josefina se lembrava de que, antes de sair, havia tentado olhar outra vez dentro do poço, mas não tivera coragem. Estava escuro e a pintura branca brilhava como os ossos do São Morte; foi a primeira vez que sentiu medo. Voltaram para Buenos Aires poucos dias depois. Na primeira noite em casa, Josefina não conseguiu dormir quando Mariela apagou a luminária.

* * *

Mariela dormia tranquilamente na caminha da frente, e agora a luminária ficava na mesa de cabeceira de Josefina, que começava a ter sono quando os ponteiros fosforescentes do relógio da Hello Kitty marcavam as três ou quatro da madrugada. Mariela abraçava um boneco, e Josefina via que os olhos de plástico brilhavam na semiescuridão como se fossem humanos. Ouvia o cantar de um galo no meio da noite e se lembrava — mas quem teria dito isso? — de que aquele canto, àquela hora, era sinal de que alguém ia morrer. E devia ser ela, por isso tomava o pulso — havia aprendido a fazer isso vendo a mãe, que sempre controlava os batimentos quando tinham febre. Se fossem rápidos demais, sentia tanto medo que nem sequer ousava chamar os pais para que a salvassem. Se fossem lentos, apoiava a mão no peito para observar se o coração não pararia. Às vezes adormecia contando, atenta ao ponteiro dos minutos. Certa noite descobriu que a mancha do reboco no teto, bem em cima de sua cama — conserto de uma goteira —, tinha o formato de um rosto com chifres, a cara do diabo. Isso, sim, ela havia contado a Mariela, mas a irmã, rindo, disse que as manchas eram como as nuvens, que era possível ver distintas formas se você olhasse demais para elas. E que ela não via diabo nenhum, que lhe parecia um pássaro sobre duas patas. Em outra noite havia escutado o relincho de um cavalo ou de um burro... mas suas mãos começaram a suar quando pensou que podia ser o Alma Mula, o espírito de uma morta que, transformado em mula, não conseguia descansar e saía a trotar de noite. Havia contado isso ao pai; ele lhe beijou a cabeça, disse que eram bobagens, e à tarde Josefina o ouviu gritar com a mãe dela: "A sua velha tem que parar de falar essas idiotices para a menina! Não quero que encha a cabeça dela, ignorante supersticiosa de merda!" A avó negava ter dito qualquer coisa, e não era mentira. Josefina não fazia ideia de onde havia tirado aquelas coisas, mas sentia que *sabia*, assim como sabia que não podia aproximar a mão do fogão aceso sem se queimar ou que no outono devia colocar um casaquinho sobre a camiseta porque à noite esfriava.

Anos depois, sentada diante de um de seus muitos psicólogos, havia tentado explicar e racionalizar cada medo: o que Mariela dissera sobre o reboco podia ser verdade, talvez ela tivesse ouvido a avó contar essas histórias porque faziam parte da mitologia correntina, talvez um vizinho do bairro tivesse um galinheiro, quem sabe a mula fosse dos sucateiros que moravam na esquina. Mas não acreditava nessas explicações. Sua mãe costumava ir às sessões e contava que ela e a própria mãe eram "ansiosas" e "fóbicas", que podiam muito bem ter contagiado Josefina com esses medos, mas estavam se recuperando, e Mariela havia deixado de sofrer com terrores noturnos, de maneira que "o problema de Jose" era questão tempo.

Mas o tempo foram anos, e Josefina odiava o pai, porque um dia havia ido embora deixando-a sozinha com aquelas mulheres que agora, depois de anos de confinamento, planejavam férias e passeios de fim de semana enquanto ela ficava enjoada ao chegar à porta; odiava haver deixado a escola e que a mãe a acompanhasse para fazer as provas todo final de ano; odiava que as únicas crianças que visitavam sua casa fossem amigas de Mariela; odiava que dissessem "o problema de Jose" em voz baixa; acima de tudo odiava passar os dias em seu quarto lendo histórias que à noite se transformavam em pesadelos. Havia lido a história de Anahí e a flor do ceibo, e em seus sonhos aparecera uma mulher envolta em chamas; havia lido sobre o urutau, e agora antes de dormir escutava o pássaro, que na verdade era uma garota morta, chorando perto de sua janela. Não podia ir a La Boca porque achava que sob a superfície do córrego negro havia corpos submersos que certamente tentariam sair quando ela estivesse perto da margem. Nunca dormia com uma perna descoberta porque esperava que a mão fria a tocasse. Quando sua mãe precisava sair, deixava-a com a avó Rita, e, caso se atrasasse mais de meia hora, Josefina vomitava porque a demora só podia significar que havia morrido em um acidente. Passava correndo em frente ao retrato do avô morto que nunca conhecera porque podia sentir como seus olhos negros a seguiam e nunca se aproximava do quarto onde estava o piano velho da mãe porque *sabia* que, quando ninguém o tocava, o diabo se encarregava disso.

Da poltrona, com os cabelos tão oleosos que pareciam sempre molhados, via passar o mundo que estava perdendo. Nem sequer havia ido ao aniversário de quinze anos da irmã, e sabia que Mariela agradecia. Havia tempos ia de um psiquiatra para o outro, e alguns comprimidos tinham permitido que ela começasse o ensino médio, mas somente até o terceiro ano, quando descobrira que nos corredores do colégio se ouviam vozes sob o murmúrio dos garotos que planejavam festas e bebedeiras; quando de dentro do banheiro, enquanto fazia xixi, havia visto pés descalços andando pelos azulejos e uma colega lhe disse que devia ser a freira suicida que anos antes tinha se enforcado no mastro. Foi inútil que sua mãe e a diretora e a psicopedagoga dissessem que nenhuma freira jamais se matara no pátio; Josefina já tinha pesadelos com o Sagrado Coração de Jesus, com o peito aberto de Cristo, que em seu sonho sangrava e encharcava seu rosto, com Lázaro, pálido e podre levantando-se do túmulo entre as rochas, com anjos que queriam estuprá-la.

Então ela havia ficado em casa, e voltara a fazer provas com atestado médico todo fim de ano. Enquanto isso, Mariela voltava de madrugada em carros que freavam à porta, e se ouviam os gritos dos garotos ao fim de uma noite de aventuras que Josefina nem sequer podia imaginar. Invejava Mariela até mesmo quando sua mãe gritava com ela porque a conta do telefone era impagável; se ao menos Josefina tivesse alguém com quem conversar... Porque o grupo de terapia não servia, todos aqueles garotos com problemas reais, com pais ausentes ou infâncias cheias de violência que falavam de drogas e sexo e anorexia e desamor. E, no entanto, continuava indo, de táxi, na ida e na volta, e o taxista tinha que ser sempre o mesmo, e esperá-la na porta, porque ficava tonta e as batidas do coração não a deixavam respirar se ficasse sozinha na rua. Não havia pisado num ônibus desde aquela viagem a Corrientes, e a única vez que estivera no metrô gritou até ficar afônica e sua mãe teve que descer na estação seguinte; dessa vez a sacudira e a arrastara pelas escadas, mas Josefina não se importou porque precisava sair de qualquer maneira daquele confinamento, daquele barulho, daquela escuridão sinuosa.

Os novos comprimidos, azul-celeste, quase experimentais, que brilhavam como se recém-saídos do laboratório, eram fáceis de engolir e em pouco tempo faziam com que a calçada não parecesse um campo minado; eles até a faziam dormir sem sonhos dos quais pudesse se lembrar, e uma noite, quando apagou a luminária, não sentiu que os lençóis esfriavam como uma sepultura. Continuava sentindo medo, mas conseguia ir à banca de jornal sozinha sem a certeza de que ia morrer no caminho. Mariela parecia mais entusiasmada do que ela. Sugeriu que saíssem juntas para tomar um café, e Josefina se atreveu — ida e volta de táxi, é verdade —; naquela tarde conseguira conversar como nunca com a irmã e se surpreendeu planejando ir ao cinema (Mariela prometeu sair no meio do filme, se fosse necessário) e até confessando que talvez tivesse vontade de fazer faculdade, se não houvesse gente de mais nas salas de aula e se ficasse próxima às portas e janelas. Mariela abraçou-a sem acanhamento, e ao fazer isso derrubou uma das xícaras de café no chão, que se partiu ao meio. O garçom reuniu os cacos sorridente, claro, afinal Mariela era linda com as mechas do cabelo loiro sobre o rosto, os lábios carnudos sempre molhados e os olhos apenas delineados de preto para que o verde da íris hipnotizasse quem olhava para ela.

Saíram várias outras vezes para tomar café — o cinema nunca se concretizou —, e, numa dessas tardes, Mariela trouxe os programas de vários cursos universitários que poderiam interessar a Josefina: antropologia, sociologia, letras. Mas ela parecia inquieta, e não mais com o nervosismo das primeiras saídas, quando deveria estar preparada para chamar um táxi urgentemente — ou uma ambulância, no pior dos casos — para levar Josefina de volta para casa ou à emergência do hospital. Ajeitou os fios de seus longos cabelos loiros atrás das orelhas e acendeu um cigarro.

— Jose — disse —, tem uma coisa.

— O quê?

— Você se lembra de quando viajamos para Corrientes? Você devia ter uns seis anos, eu oito...

— Sim.

— Bem, você lembra que fomos a uma bruxa? Mamãe e vovó foram porque eram como você, assim, sentiam medo o tempo inteiro, e foram se curar.

Josefina agora ouvia atentamente. Seu coração batia muito rápido, mas respirou fundo, secou as mãos nas calças e tentou se concentrar no que a irmã dizia, como havia recomendado seu psiquiatra ("Quando o medo bater", dissera, "preste atenção em outra coisa. Qualquer coisa. Veja o que a pessoa a seu lado está lendo. Leia os *outdoors* ou conte quantos carros vermelhos passam pela rua").

— E eu lembro que a bruxa disse que elas podiam voltar se isso acontecesse com elas de novo. Talvez você possa ir. Agora que está melhor. Eu sei que é uma loucura, pareço a nossa avó com as bobajadas da província, mas elas se curaram, não foi?

— Mariel, não posso viajar. Você sabe que não posso.

— E se eu for com você? Eu cuido de tudo, sério. Planejamos direitinho.

— Não tenho ânimo. Não posso.

— Bem. Se você se animar, pensa um pouco, quem sabe. Eu ajudo, é sério.

Na manhã em que tentou sair de casa para ir se matricular na faculdade, Josefina descobriu que a distância da porta até o táxi era intransponível. Antes de pôr os pés na calçada seus joelhos tremiam e ela já chorava. Havia vários dias percebera um estancamento e até um retrocesso no efeito dos comprimidos; aquela impossibilidade de encher os pulmões tinha voltado, ou melhor, aquela atenção obsessiva que ela dava a cada respiração, como se tivesse que controlar a entrada de ar para que o mecanismo funcionasse, como se fizesse respiração boca a boca em si mesma para se manter viva. Mais uma vez paralisava-se diante da menor mudança de lugar dos objetos em seu quarto, mais uma vez precisava ligar não só a luminária, como também a televisão e a lâmpada do teto para dormir, porque não suportava nem uma sombra sequer. Esperava cada sintoma, reconhecia-os, mas pela primeira vez sentia algo sob a resignação e o desespero. Estava com raiva. Também estava exausta, mas não queria voltar para a cama para tentar controlar os tremores e a taquicardia, nem rastejar de pijama até a poltrona para pensar no resto de sua vida, em um futuro de hospital psiquiátrico ou de enfermeiras particulares, porque não podia recorrer ao suicídio, já que tinha tanto medo de morrer!

Em vez disso, começou a pensar em Corrientes e n'A Senhora. E em como era a vida em sua casa antes da viagem. Lembrou-se da avó chorando agachada ao lado da cama, rezando para que a tempestade parasse, porque tinha medo dos raios, dos trovões, dos relâmpagos, até da chuva. Lembrou-se de que a mãe olhava pela janela com os olhos fora de órbita toda vez que havia enchente na rua e de como ela gritava que todos se afogariam se a água não baixasse. Lembrou-se de que Mariela nunca queria sair para brincar com os filhos dos vizinhos, nem mesmo quando vinham procurá-la, e que se agarrava a suas bonecas como se temesse que fossem roubadas. Lembrou-se de que o pai levava a mãe dela ao psiquiatra uma vez por semana, e que ela sempre voltava semiadormecida, ia direto para a cama. Lembrou-se até de dona Carmen, que se encarregava de fazer as tarefas e receber a aposentadoria de sua avó, que não queria — não *conseguia*, Josefina agora sabia — sair de casa. Dona Carmen estava morta havia dez anos, dois a mais do que sua avó, e depois daquela viagem a Corrientes só a visitava para tomar o chá, porque todos os confinamentos e terrores haviam terminado. Para elas. Porque para Josefina apenas começavam.

O que havia acontecido em Corrientes? A Senhora tinha se esquecido de "curá-la"? Mas se ela nem precisava ser curada de nada, se Josefina não tinha medo... Só que então, se pouco tempo depois havia começado a padecer do mesmo problema que as outras, por que não a levaram até A Senhora? Porque não a amavam? E se Mariela estivesse errada? Josefina começou a compreender que a raiva era o limite, que se ela não se apegasse à raiva e deixasse que a levasse até um ônibus intermunicipal, até A Senhora, nunca poderia deixar o confinamento, e que valia a pena morrer tentando.

Uma madrugada, esperou acordada por Mariela e passou um café para despertá-la.

— Mariel, vamos lá. Eu me animo.

— Lá aonde?

Josefina teve medo de que a irmã voltasse atrás, retirasse a oferta, mas se deu conta de que Mariela não a entendia apenas porque estava bêbada demais.

— A Corrientes, ver a bruxa.

Mariela olhou para ela completamente lúcida de repente.

— Tem certeza?

— Já pensei em tudo, tomo vários comprimidos e durmo durante todo o caminho. Se eu ficar mal... você me dá mais. Não fazem nada. No máximo, vou dormir muito.

Josefina subiu quase dormindo no ônibus; esperou por ele ao lado da irmã em um banco, roncando com a cabeça apoiada na bolsa. Mariela se assustara quando a viu engolir cinco comprimidos com um gole de Seven-Up, mas não disse nada. E funcionou, porque Josefina acabara de acordar quando chegaram à rodoviária de Corrientes, com dor de cabeça e a boca cheia de um gosto ácido. Sua irmã a abraçou durante toda a viagem de táxi até a casa dos tios, e Josefina tentou não quebrar os dentes de tanto trincá-los. Foi direto para o quarto de tia Clarita, que as esperava, e não aceitou comida nem bebida nem visita de parentes; mal podia abrir a boca para engolir os comprimidos, sua mandíbula doía e não conseguia esquecer a explosão de ódio e pânico nos olhos da mãe quando lhe disse que ia procurar a bruxa, nem como lhe dissera: "Você sabe muito bem que não vai dar em nada", com tom triunfante. Mariela havia gritado "vaca filha da puta", e não quis ouvir nenhuma explicação; trancada no quarto com Josefina, passou a noite inteira acordada sem falar, fumando, escolhendo camisetas e calças leves para o calor de Corrientes. Quando saíram para a rodoviária, Josefina já estava drogada, mas consciente o suficiente para perceber que a mãe não saíra do quarto para se despedir delas.

Tia Clarita lhes disse que A Senhora continuava morando no mesmo lugar, mas que estava muito velha e não recebia mais as pessoas. Mariela insistiu: tinham vindo a Corrientes apenas para vê-la e não iriam embora até que ela as recebesse. Josefina percebeu que os olhos de Clarita mostravam o mesmo medo que os da mãe delas. Soube também que a tia não iria acompanhá-las, então apertou o braço de Mariela para interromper seus gritos

("Qual é a porra do seu problema, por que você também não quer ajudar, não vê como ela está?") e lhe sussurrou: "Vamos sozinhas." Nos três quarteirões até a casa d'A Senhora, que a ela pareceram quilômetros, Josefina pensou naquele "não vê como ela está?!" e sentiu raiva da irmã. Ela também poderia ser bonita se seu cabelo não caísse, se não tivesse aquelas auréolas na testa que deixavam o coro cabeludo à vista; poderia ter aquelas pernas longas e fortes se fosse capaz de dar pelo menos uma volta no quarteirão; saberia como se maquiar se tivesse para que e para quem; suas mãos seriam belas se não roesse as unhas até as cutículas; sua pele seria dourada como a de Mariela se pegasse sol com mais frequência. E não teria os olhos sempre avermelhados e olheiras se conseguisse dormir ou se distrair com alguma coisa além da televisão ou da internet.

Mariela teve que bater palmas no pátio d'A Senhora para que ela abrisse a porta, porque a casa não tinha campainha. Josefina olhou o jardim, agora muito descuidado, as rosas mortas de calor, os lírios desfalecidos, os pés de arruda por toda parte, gigantescos. A Senhora apareceu no umbral quando Josefina localizou o poço, quase oculto pela grama alta, a tinta branca tão descascada que era possível ver os tijolos vermelhos por baixo.

A Senhora as reconheceu de imediato e as fez entrar. Como se as esperasse. O altar continuava de pé, mas tinha o triplo de oferendas e um imenso São Morte, do tamanho de um crucifixo de igreja; dentro dos olhos vazios piscavam luzinhas intermitentes, provavelmente de uma guirlanda de Natal elétrica. Quis sentar Josefina no mesmo sofá em que havia dormido quase vinte anos antes, mas teve que correr para buscar um balde, porque as náuseas haviam começado; Josefina vomitou fluidos intestinais e sentiu o coração encher a garganta, mas A Senhora pôs a mão na testa dela.

— Respira fundo, criatura, respira.

Josefina obedeceu, e pela primeira vez em muitos anos voltou a sentir o alívio dos pulmões cheios de ar, livres, não mais presos atrás das costelas. Teve vontade de chorar, de agradecer; teve certeza de que A Senhora a estava curando. Mas quando ergueu a cabeça para olhá-la nos olhos, tentando sorrir com os dentes cerrados, viu pena e arrependimento n'A Senhora.

— Menina, não há nada a fazer. Quando trouxeram você aqui, já estava feito. Eu tive que jogá-lo no poço. Eu sabia que os santinhos não iriam me perdoar, que o Anhangá iria trazer você de volta.

Josefina negou com a cabeça. Sentia-se bem. O que ela queria dizer? Estaria realmente velha e louca, como tia Clarita tinha dito? Mas A Senhora se levantou suspirando, aproximou-se do altar e trouxe de volta uma foto antiga. Josefina a reconheceu: sua mãe e sua avó sentadas em um sofá, e entre elas Mariela à direita e um buraco à esquerda, onde Josefina deveria estar.

— Senti tanta pena, tanta pena. As três com maus pensamentos, arrepiadas, com um transtorno de muitos anos. Eu me sobressaltava só de olhar para elas, arrotava, não conseguia tirar os males de dentro delas.

— Que males?

— Males antigos, menina, males que não podem ser ditos. — A Senhora se benzeu. — Nem o Cristo das Duas Luzes poderia com aquilo, não. Era antigo. Elas foram muito atacadas. Mas você, menina, não foi. Não foi atacada. Não sei por quê.

— Atacada pelo quê?

— Males! Não podem ser ditos. — A Senhora levou um dedo aos lábios, pedindo silêncio, e fechou os olhos. — Eu não podia tirar a podridão de dentro delas e colocá-la em mim porque não tenho essa força, e ninguém tem. Não conseguia fazer fluir, não conseguia limpar. Podia apenas passá-los, e passei. Passei pra você, menina, quando dormia aqui. O Santinho dizia que não iria te atacar tanto, porque você era pura. Mas o Santinho mentiu pra mim, ou eu não o entendi. Elas queriam passar pra você, diziam que cuidariam de você. Mas não cuidaram. E eu tive que jogar. A foto, eu a joguei no poço. Mas não se pode tirá-la de lá. Não poderei nunca tirar os males de você porque eles estão na sua foto na água, e a foto já apodreceu. Ficaram lá presos na sua foto, presos em você.

A Senhora cobriu o rosto com as mãos. Josefina pensou ter visto Mariela chorar, mas não deu atenção porque tentava entender.

— Elas quiseram se salvar, menina. Esta também. — E apontou para Mariela. — Era pequena, mas já era esperta.

Josefina se levantou com o resto do ar que sobrava em seus pulmões, com a nova força que endurecia suas pernas. Não duraria muito, tinha certeza, mas, por favor, que fosse o suficiente, o suficiente para correr até o poço e se jogar na água da chuva, e tomara que não tenha fundo, afogar-se ali com a foto e a traição. A Senhora e Mariela não a seguiram, e Josefina correu o máximo que pôde, mas quando alcançou as bordas do poço suas mãos molhadas escorregaram, os joelhos se dobraram e ela não conseguiu, não conseguiu subir, e mal pôde ver o reflexo de seu rosto na água antes de cair sentada na grama alta, chorando, aflita, porque tinha muito muito medo de pular.

5. RAMBLA TRISTE

Sabiamente, de modo traiçoeiro, essa cidade trata de se vingar.

MANUEL DELGADO

Era possível que o nariz entupido pelo resfriado — sempre pegava algum vírus nos aviões — afetasse seu olfato; tinha que ser isso, mas, quando assoava o nariz com o lenço de papel e o ar conseguia entrar, o cheiro era ainda pior. Não lembrava que Barcelona estivesse tão suja, pelo menos não havia percebido em sua primeira viagem, uns cinco anos antes. Mas tinha que ser o resfriado, talvez fosse o catarro preso que fedesse, porque, por quarteirões inteiros, não sentia absolutamente nada, e de repente o cheiro atacava, provocando-lhe náuseas violentas. Cheirava a cachorro morto apodrecendo na beira da estrada, a carne estragada e esquecida na geladeira, quando fica roxa, da cor do vinho tinto. O fedor se escondia e com suas rajadas destruía as ruas mais bonitas, as vielas pitorescas com roupas penduradas de sacada em sacada que encobriam o céu. Chegava até as Ramblas. Sofía passou a observar os turistas, para ver se franziam o nariz como ela, mas nenhum aparentava estar enojado. Talvez fosse sua imaginação, porque não gostava mais da cidade. As ruelas estreitas, que antes lhe pareciam românticas, agora lhe davam medo; os bares tinham perdido o encanto, lembravam-lhe os de Buenos Aires, cheios de bêbados que gritavam ou que queriam puxar conversas idiotas; o calor, que antes era mediterrâneo, seco e delicioso, tornara-se sufocante. Mas não queria falar sobre essas novas impressões com seus amigos; não queria ser a turista portenha que apontava com superioridade arrogante os defeitos da cidade paradisíaca.

Queria ir embora.

Talvez fosse por causa da garota.

Cinco anos antes, a rua Escudellers estava repleta de viciados, do começo ao fim, todos deitados nas calçadas sobre suas próprias roupas imundas. Agora não estavam mais lá; certamente haviam sido expulsos pela polícia, contravenções, multas, além dos caminhões que limpavam a cidade a noite toda, molhando qualquer lugar que pudesse ser usado para se sentar inocentemente para tomar uma cerveja e comer um *kebab*. Era preciso caminhar ou entrar nos bares; a rua era apenas para circular. Andando pelo caminho que ela conhecia no Raval, evitou a perturbadora Robadors — escura e cheia de ladrões, rezava a lenda perpetuada por seu nome, que ninguém ousava desacreditar — e chegou a Marquès de Barberà, mais ampla e iluminada. Uma garota caminhava a sua frente, meio oscilante, com a calça jeans muito baixa e apertada nos quadris, de maneira que a barriga inchada saltava sob a camiseta curta, um rolo de carne esbranquiçada com estrias que poderia facilmente ser escondido por uma camiseta mais comprida e larga, mas certamente a garota não ligava para a estética. Estavam sozinhas; era cedo, apenas oito da noite, mas estranhamente a rua estava vazia, nem mesmo os turistas do albergue que ficava ao lado do cibercafé haviam saído.

A certa altura, a garota se virou, olhou nos olhos de Sofía e disse, com um sotaque catalão carregado, mas em espanhol bem claro: "Não aguento mais." Então, baixou a calça e defecou na calçada, uma diarreia explosiva, dolorosa, que a fez franzir o rosto devido às cólicas do intestino. Depois, caiu contra a parede. Por centímetros não desmaiou em cima da própria merda.

Sofía tentou levantá-la, perguntou onde ela morava, se havia alguém a quem telefonar para que viesse buscá-la; perguntou o que tinha acontecido com ela, o que havia tomado. Mas a garota apenas a olhava com olhos assustados, incapaz de falar. O cheiro não era mais imaginário, e os olhos de Sofía ficaram marejados de tanto segurar as náuseas. Dez minutos depois dois policiais chegaram e levaram a garota; Sofía respondeu às perguntas deles e ficou lá para verificar se a tratariam bem. Mas não ficou esperando até que alguém limpasse a rua. Para expulsar o cheiro de merda, acendeu um cigarro e quase correu até a rua da Cera, em direção ao apartamento de Julieta, onde passaria aqueles dez dias em Barcelona. Tinha uma chave e a usou: a entrada do prédio estava sendo reformada, porque alguns meses antes tinha pegado fogo; como a fechadura não funcionava direito, uns sem-teto tinham entrado para dormir e a fogueira que acenderam para amenizar o frio ficara fora de controle. Por sorte Julieta não estava no apartamento quando houve o incêndio, mas também tivera seus problemas com o fogo: apenas um ano antes, no meio do inverno, acabou internada por intoxicação por monóxido de carbono porque o aquecedor do apartamento não tinha saída para o exterior.

O lugar onde Julieta morava não era realmente um apartamento: era um escritório alugado como casa, sem banheiro, apenas com um vaso sanitário e uma pia no corredor compartilhado, do lado de fora. Mas era bastante grande para os padrões de Barcelona, barato e, por ser um "sótão", tinha uma sacada-varanda que era fantástica no verão. Sofía não sabia o que Julieta tinha vindo procurar na Espanha, e Julieta provavelmente também não. Vivia lá havia oito anos, fazendo curtas-metragens de animação e vídeos para quem a contratasse. Quando ficava entediada, saía e ficava vivendo do seguro-desemprego. Entediava-se com frequência.

Estava preparando uma salada quando Sofía chegou. Julieta havia se tornado vegetariana assim que chegou à Europa, entre outras razões porque sua primeira parada foi numa *okupação* na qual comer carne era um grande pecado. A princípio, abraçou o vegetarianismo de seus novos amigos com uma paixão militante. Quando rompeu com eles, renegou todo o estilo de vida *okupa*, exceto no quesito alimentação. Sofía não se incomodava em compartilhar a dieta de sua anfitriã, e, além do mais, sempre que queria descia para comprar um delicioso *shawarma* de frango ou de carne.

Sofía se sentou no sofá vermelho que à noite se abria e se transformava em cama e contou à amiga sobre a garota e a diarreia. Julieta misturou a salada e disse que aquilo era normal em Barcelona.

— Não há cidade na Espanha com mais gente louca. Em Madri não há tantos. Em Zaragoza, menos. Meu irmão diz que em Sevilla também não. É aqui. Está cheio de malucos à solta, não entendo.

Serviu a salada em dois pratos, sentou-se à mesa e explicou que, além disso, os loucos saíam por temporadas. A senhora das mil fivelas, por exemplo, uma mulher que usava tantos enfeites na cabeça que mal se podia ver seu cabelo, só aparecia no verão. O louco dos *dreadlocks*, um cinquentão que batia com um pau nas portas de ferro das lojas fechadas, aparecia somente na época das festas, perto do Natal. Um barulho horrível, contava Julieta; as batidas pareciam tiros e às vezes os turistas saíam correndo. Ela já estava acostumada, mas na primeira vez que o viu pensou que iria atacá-la, porque, além de bater com o pau, ele gritava. E já, já você vai conhecer, disse, o velho aqui da esquina: sai em turnos, à tarde e de manhã, e anda uns cinquenta metros para a frente e para trás, às vezes gritando, às vezes resmungando em voz baixa, sempre gesticulando com as mãos como se tentasse convencer alguém invisível de algo muito importante. A teoria de Julieta era que a família o tirava de casa todos os dias para passear, farta de aguentar suas queixas dentro do apartamento, que, se ficasse no mesmo quarteirão, deveria ser muito pequeno. O estranho era que Julieta nunca o vira sair de nenhuma porta; precisava prestar mais atenção, talvez, esperar na calçada da frente para localizar a casa, sobretudo para se livrar da sensação esquisita que o velho louco lhe causava, e não só aquele velho louco em particular, mas todos os loucos de Barcelona que se concentravam no Raval.

— É como se... é um delírio o que eu vou dizer. Mas caramba. Às vezes acho que os loucos não são pessoas, não são reais. Seriam como encarnações da loucura da cidade, válvulas de escape. Se não existissem, mataríamos uns aos outros ou morreríamos de estresse, ou sei lá, dominaríamos aqueles guardas filhos da puta que não deixam ninguém se sentar na escada do museu, na praça dos Àngels... Você viu? Os escrotos fazem batidas, aqui eles dizem que é "incivismo" tomar uma cerveja sentado na calçada.

— Isso tem pouco tempo! — ouviu-se um grito vindo da sacada.

Era Daniel, o namorado de Julieta, também argentino mas morador de Barcelona havia mais de doze anos. Sofía não tinha notado que ele estava em casa. Daniel entrou, secou as mãos nas calças e começou sua diatribe. Disse que quando chegou a Barcelona a cidade era incrível. Muito deteriorada, pode ser, mas era legal. Agora era uma cidade policial.

— Escuta este patife — disse, e se pôs a revirar uma pilha de jornais até encontrar o *La Vanguardia*.

Sofía se deu conta de que seus amigos faziam de tudo para não falar "espanhol". Não chamavam o apartamento de *piso*, nem qualificavam alguma coisa como *chunga*, nem falavam em *mal rollo* nem se *liaban* nem *mogollón*. Antes, em sua primeira visita, ela se lembrava de ter achado graça de quantos *guapa* e *venga* saíam da boca do casal. Agora pareciam ter apagado completamente os modismos locais, com exceção de alguns que deixavam escapar. Certamente era algo forçado; uma espécie de fundamentalismo argentino, mistura de nostalgia com incômodo sincero.

— Aqui está — disse Daniel, triunfante, e se acomodou na cadeira para ler:

A praça dos Àngels, com a chegada do bom tempo, recupera a imagem da Barcelona de dois verões atrás, quando vivia sob o estigma do incivismo. A partir das nove da noite, numerosas garrafas povoam a rampa e as escadas em frente ao Macba, enquanto um pequeno exército de ambulantes pulula pela área vendendo latas de cerveja. O esforço das equipes de limpeza — mais ativas e eficientes do que dois verões atrás — não é capaz de eliminar as pilhas de garrafas, sacolas e restos de comida na calçada. Com o calor aumenta o desejo de se divertir ao ar livre. Sentar-se em um bar com mesas na calçada para tomar uma cerveja na companhia dos amigos após o trabalho parece tentador, mas há quem prefira se sentar no cimento da praça dos Àngels, cenário de um *botellón* improvisado. Os jovens chegam antes de jantar com bebidas compradas em algum supermercado da área. Mas, quando se esquecem de comprá-las, lançam mão dos numerosos ambulantes, que oferecem cervejas por apenas um euro, preço muito mais baixo do que o cobrado em qualquer bar da região.

Um ambulante contou a este jornal que costuma ganhar aproximadamente trinta euros líquidos por noite. Os vendedores estabelecem entre si horários e zonas para não fazerem concorrência. Eles compram as latas a setenta centavos e tiram trinta centavos de lucro vendendo-as a um euro. Arriscam-se, porque o decreto municipal para a convivência em espaço público (decreto do incivismo) prevê multas de até quinhentos euros pela venda não autorizada de álcool, além de poderem perder a mercadoria que ainda não foi vendida. Arriscam-se também os consumidores que as compram.

— É assim que vivemos, com esse jornalismo caguete e no meio de toda essa merda — bufou Daniel. — Outro dia multaram um sujeito que estava bebendo Coca-Cola em uma praça. Cobraram uns duzentos euros porque não quis se levantar quando eles iam limpar com a mangueira. Eles passam molhando todo mundo. Agora também não se pode fumar nos bares. Sim, eu sei que isso acontece no mundo todo, mas um bar não é um lugar saudável, minha Mãe do céu. É para fofocar, para relaxar, para ficar bêbado. Aqui, nada. Os aluguéis são um escândalo: querem que vivam apenas ricos na cidade, ninguém mais. É para turistas. Estão limpando os grafites! Havia uns que eram uma beleza, nenhuma outra cidade do mundo tinha grafites assim. Mas vai explicar a esses animais o que é arte. Porra. Destroem tudo.

— Um amigo nosso foi preso porque fez uma pichação que dizia: "Turistas, vocês são os terroristas." Pegou uns quatro meses de prisão. Coitadinho — disse Julieta. — Você não sabe o quanto queremos ir para Madri. Mas conseguimos trabalho aqui. Eu estou farta desta cidade. Nem saio. Se é pra passar raiva, melhor ficar em casa.

Depois de comer, foram passear. A noite estava linda, e o casal queria que Sofía conhecesse os bares novos, que não existiam quando ela visitara a cidade pela primeira vez, e descobrisse os antigos que não havia visitado naquela viagem. Assim chegaram ao Yasmine.

Sofía tentou ler a placa que aparentemente contava a história da Madame Yasmine que batizava o local, mas as luzes estavam muito fracas e ela não enxergava bem sem os óculos. Perguntou a Daniel, que costumava conhecer as velhas histórias do Bairro Chinês, porém ele não se lembrava. "Mas se a chamavam de Madame devia ser puta", sentenciou. E então pediu que elas o esperassem. Voltou um pouco depois com Manuel, um amigo do bairro. Apresentou-o como um dos poucos catalães gente boa. Manuel usava *dreadlocks* curtos e uma camiseta listrada em preto e branco. "Minha amiga aqui de Buenos Aires quer ouvir as lendas do Chinês."

— Vamos ver em que posso ser útil à menina. — Manuel sorriu. Estava um pouco bêbado. Julieta explicou que trabalhava com eles editando o som dos vídeos. Então perguntou a ele sobre Madame Yasmine, a mulher que dava nome ao bar. Manuel disse que era uma história famosa. Yasmine nascera no Chinês, no final do século XIX. Era filha de uma vendedora de flores. E, claro, era pobre e se tornou puta. O Chinês nessa época era pura pestilência, e ela era madame de um bordel frequentado por poetas e anarquistas. Apaixonou-se por um anarquista e teve um filho. Mas os franquistas o mataram — o anarquista — e ela montou uma casa de ópio. O filho morreu decapitado por um carro nas Ramblas, disse Manuel, acrescentando que não sabia mais detalhes, o que restava da lenda era que um carro havia cortado a cabeça do menino, mas como, ninguém sabia.

— Ai, que horror — disse Julieta.

E Manuel continuou a contar que Yasmine se trancou em sua casa e se pôs a fumar ópio e esvaziar garrafas. Saía uma vez por semana para fazer compras na Boquería com um boneco sem cabeça nos braços, e Manuel disse que o pescoço do boneco era feito da pele de seu filho morto.

— Que história linda para terminar a noite. — Daniel riu, mas acendeu um cigarro, um pouco nervoso. A frase tinha soado estúpida, desagradável.

— O edifício onde ela morava ficava por aqui, por isso batizaram este lugar de Madame Yasmine. Mas foi derrubado para que a Rambla do Raval fosse construída.

— A deprimente Rambla do Raval — disse Daniel.

— Cara, não à toa chamam de Rambla Triste. Dizem que o menino ainda vagueia por aqui, sem cabeça, uma das muitas crianças-fantasmas de Barcelona....

— Manuel, por favor, você sabe que isso me faz mal. — Julieta se zangou.

E então Manuel sorriu para Sofía e disse:

— Satisfeita? Tenho mais histórias, mas você vai ter que tomar um café comigo, porque a senhora aqui não suporta histórias de terror.

Então, sem esperar uma resposta, perguntou a Daniel sobre as datas das próximas reuniões para retocar um vídeo em que estavam trabalhando e a conversa debandou para nomes que Sofía não conhecia e discordâncias de trabalho que não lhe interessavam. Como Julieta também conversava, pôde ficar por um tempo em silêncio, quase sozinha, pensando no pescoço de pele morta. De repente o bar, com seus drinks exclusivos e saladas de tâmaras, pareceu-lhe horrível e ela quis ir embora. Mas esperou até que os amigos começassem a bocejar.

Na noite seguinte, Sofía e Julieta saíram sozinhas. Queriam uma noite de amigas. Daniel estava satisfeito em deixá-las ir, assim poderia ficar no apartamento vendo todos os episódios atrasados de suas séries favoritas. Preferia ver televisão a sair à noite em Barcelona, dizia, e parecia sincero.

Quando Julieta fechou a porta do prédio, agarrou a amiga pelo braço, com muita força. Não quero ir à La Concha ver as travestis, disse. Os shows não eram mais como antigamente, agora eram feitos para despedidas de solteira, e passavam metade do tempo cumprimentando as futuras casadas. Iam até garotos, crianças. Era decadente, tristíssimo. Logo elas, antes tão esplêndidas e ferozes, era deprimente vê-las fantasiadas de Marisa Paredes, fazendo um espetáculo para toda a família.

Não e não. Julieta queria ir a um bar. Queria falar. Queria contar coisas que nunca tivera coragem de dizer nem nos e-mails nem nas cartas, nem nas raras conversas telefônicas. "Tive um momento muito difícil ano passado", disse, e começou a chorar, como ela chorava, de repente e com umas lágrimas grandes e pesadas, contidas por muito tempo. Sofía arrastou-a ao primeiro bar que viu aberto e ofereceu seus lencinhos de papel; o cheiro flutuava estagnado, constante, mas Julieta não parecia sentir. Não era hora de perguntar à amiga se ela também o percebia.

Pediram café. Nenhuma das duas queria beber álcool. Julieta conseguiu falar quando estava mais calma. Tinha ficado maluca, contou. Talvez por tanto pensar nos loucos de Barcelona.

— Nesta cidade há sempre algum evento, alguma Bienal, alguma reunião de presidentes, os jogos do Barça. E fica cheia de helicópteros, voam baixo, você não imagina como é impressionante.

Sofía assentiu, podia imaginar.

— E no ano passado Daniel e eu queríamos... bem, eu queria engravidar. Estava muito louca, sério. Agora parece um delírio, criar um filho, que tragédia, sem dinheiro. E além do mais... isso, então.

Julieta olhou para trás, como se intuísse uma presença. Suspirou aliviada e continuou falando.

— A questão é que no ano passado eu queria ter um filho de qualquer forma. Mas quando começamos a tentar me ocorreu que os helicópteros vinham me procurar. Que voavam apenas para me vigiar.

— Ai, Julieta.

— Eu sei, não precisa me dizer nada, eu estava paranoica. Parei de tomar os estabilizadores de humor no mês passado. Sinto um pouco a falta deles, mas tenho que aguentar. Enfim: acreditava que vinham me buscar para fazer experimentos comigo e com o bebê, um delírio de ficção científica. Ou para roubar o meu bebê. Eles eram, como posso explicar, tipo um comando de sequestro de crianças da cidade de Barcelona. A coisa era importante assim. Daniel descobriu muito tarde. Trabalhava o dia todo nessa época, já não lembro o que estava fazendo, um vídeo importante. Eu me escondia dos helicópteros debaixo da cama. Ou fazia cabanas com os lençóis. Não queria sair na rua. Uma vez Daniel me encontrou escondida e, bem, me levou ao psiquiatra. Ficou muito assustado, coitado.

— Você engravidou?

— Não. Estranho, porque não usamos proteção por uns seis meses. Vai ver algum de nós dois não pode ter filhos. Quando iniciei o tratamento tive que parar de tentar, porque os comprimidos são contraindicados na gravidez. Além do mais, me dei conta de que a vontade de ter filhos fazia parte da loucura.

Julieta tomou o último gole de café e baixou a voz.

— Não se deve ter filhos em Barcelona. Viu o que o Manuel nos contou ontem à noite? Não há por que ter filhos aqui.

— Como assim?

— Aquilo! Você acha que o bebê da Yasmine é o único que anda por Barcelona? Manuel te falou.

Os olhos de Julieta estavam completamente opacos, e o sorriso havia congelado com uma rigidez que estava no extremo oposto da alegria. Sofía pensou que a amiga continuava louca, que precisava falar com Daniel assim que voltassem ao apartamento. Julieta pegou a mão dela por cima da mesa. Seus dedos estavam frios e ela tremia.

— Você já percebeu — disse.

— O quê, Juli, pelo amor de Deus?
— Você já sentiu o cheiro. O cheiro das crianças. Eu vi você franzindo o nariz.

Sofía tremeu. Julieta disse que ela precisava saber de tudo. Contou que quando Daniel e ela chegaram ao Raval em 1997 o bairro estava muito agitado. A maior rede de pedofilia da Europa tinha um de seus tentáculos principais lá, e falava-se em crianças fotografadas em quartos, entregues pelas mães prostitutas ou deixadas nas mãos do pedófilo Xavier Tamarit por mulheres pobres. Crianças que os pedófilos iam caçar na Plaza Negra. Desmontou-se um abrigo, não se sabia quem eram as crianças; os padres e as freiras rasgaram os registros. Delinquentes se misturavam, bandos de crianças fora da escola. Um dos meninos fedia, fedia porque sua própria roupa lhe servia de colchão. Aquele menino que anda por toda a cidade, enche de fedor a cidade, para que não se esqueçam dele. Dizem que os assistentes sociais não conseguiam tirar sua roupa porque estava grudada ao corpo pela sujeira. Dizem que tinha piolhos e também vermes brancos no couro cabeludo, e chagas debaixo dos braços, pela sujeira; nunca havia tomado banho, um animalzinho, cagava-se de medo e não se limpava. É a criança que mais pessoas veem, o fantasma popular, aquele que toca com as mãos escuras, o que deixa os casacos pendurados nas cadeiras nos bares fedendo a carne morta ao encostar neles. Crianças que caíam de sacadas, deixadas ali por mães drogadas. Donas do próprio nariz aos três, quatro anos. Que matavam taxistas e morriam de overdose, cheiradas de cola, estavam ali só pela grana. Deram a eles quarenta mil pesetas para que deixassem os apartamentos. Era o bairro mais populoso do mundo, atrás apenas de um em Calcutá. As casas caíam aos pedaços, não havia luz, quem tinha banheiro era um sortudo, não havia água corrente. *Erradicar fisicamente o Bairro Chinês. Operação Ilha Negra: ruas Nou, Sant Ramon, Marquès de Barberà. Uma pichação dizia "acumulando raiva".*

O caso do Raval foi uma criminalização do movimento vicinal pelos responsáveis pela reforma da Ciutat Vella. Tamarit não é agressivo, minha avaliação do paciente demonstra que ele tem capacidade de inibição, justifica sua pedofilia, mas recebeu tratamento de castração química para baixar seus níveis de libido, redução anatômica do tamanho do pênis, retração, fibrose, estenose uretral, diversas operações.

O caso havia sido uma emboscada, explicou Julieta, uma fraude. Foi usado para expulsar um monte de gente, para limpar o bairro. Alguns eram de um partido vicinal, outros, de outro, não sabia muito bem, mas eram problemas da Generalitat, da "Intendencia", argentinizou, para que Sofía entendesse. Um caso político.

Mas ninguém mais falava do caso do Raval. Por quê? Julieta sabia o motivo. Porque, se voltassem ao assunto, teriam que falar das crianças. Não das crianças estupradas, porque aparentemente não haviam existido crianças estupradas, chantagem pura. Das outras crianças. Aquelas que não estão vivas.

— Há um que anda sempre pela Tallers dizendo: "Juro pelos meus mortos." Eu pensei que era real, a princípio, mas não, porque anda sempre na mesma hora e nem todo mundo o vê. Órfão nojento, é uma rua adorável, com todas as lojas de discos... Às vezes não tenho forças para ir. Além do mais, está fora do seu território, que é o Gótico.

— Querida, você deveria...

— Não me trata como se eu fosse *louca*. Nesta cidade todo mundo sabe e se faz de idiota. Mas você já percebeu, dá pra ver na sua cara. Qual você viu?

Sofía olhou para a xícara de café, já gelado. Então ergueu o olhar e percorreu as outras mesas. Dois escandinavos altíssimos bebiam cerveja ao lado, falando um idioma esquisito cheio de *ais*. Na máquina de cigarros, dois catalães colocavam moedas. Nas paredes, cartazes de shows do Sidecar e de exposições do Museu de Arte Contemporânea. Os ingleses consolidavam sua má fama gritando pela rua, talvez cantando algum clássico indistinguível em suas vozes embriagadas. Parecia normal, uma cidade com bares exclusivos, como aquele em que só serviam sucos naturais de fruta e vitaminas, com lojas de roupa de grife, com turistas maravilhados pela arquitetura modernista e garotas que curtiam o mar na Barceloneta. Sofía sentia medo de estar sugestionada, de se deixar levar pela paranoia da amiga que vinha confirmar seu incômodo. E se a angústia tivesse a ver apenas com uma profunda antipatia pela orgulhosa Barcelona? E se fosse uma fobia de turista provinciana? Havia decidido ficar calada quando o cheiro inundou seu nariz como um condimento, como menta forte, enchendo seus olhos de água; um cheiro claramente palpável, negro, de catacumba.

— Eu não vi nada — disse Sofía.

Dizia a verdade. Mas acreditava em Julieta. Acreditava que em breve iria ver.

Julieta pareceu decepcionada, assustada. Mas a amiga a acalmou, pressionando sua mão, e prosseguiu:

— Mas senti o cheiro. Sinto.

Sofía teve náuseas. Reprimiu-as respirando fundo, e usou o guardanapo para encobrir um pouco o cheiro.

— Sentiu onde? — sussurrou Julieta.

— Por toda parte. Agora.

— Sabe o que eles fazem? Não deixam você sair.

— Como é?

— As crianças não deixam você sair. Não podemos deixar o Raval. As crianças foram infelizes, não querem que ninguém saia, querem que as pessoas sofram. Elas sugam você. Quando você quer ir embora, elas fazem você perder o passaporte. Ou o avião. Ou o táxi que te leva ao aeroporto bate. Ou você recebe uma proposta de trabalho que não pode recusar porque é muito dinheiro. São como os duendes das histórias, aqueles que trocam as coisas de lugar em casa à noite, mas muito piores. Todos os que dizem que não querem ir embora do Raval mentem. Não podem sair. E aprendem a suportar tudo.

Sofía fechou os olhos. Pensou ouvir passos velozes de crianças correndo descalças pelos apartamentos reformados do Raval, e imaginou o menino com a roupa imunda que servia de colchão, tão zangado, tão infeliz. Quase pôde ver sua boca sem dentes e a miséria antiga. Não queria vê-lo de verdade, sentado em algum dos umbrais da Escudellers, ocupando o cobertor velho de um viciado. Não queria ver a ronda noturna que organizava com seus amigos na Plaza Negra.

— Você vai embora amanhã — disse Julieta, agora séria e protetora. — Vamos trocar a passagem. Eu te ajudo. Você está de visita. Não podem prender os visitantes.

E então, seguindo as luzes de um helicóptero que cruzava o céu, em direção ao norte, sussurrou:

— Volta pra casa. Deixa a gente sozinho. E não se preocupa. Algum dia nós vamos escapar. Em breve.

6. O MIRANTE

Sempre quis dizer à menina, a filha do último e atual dono, para não ter medo. Não havia nada a temer. Ela estava lá, mas a menina não percebia, não podia vê-la; ninguém podia vê-la a não ser, é claro, que assumisse uma forma. Mas sem forma sua presença era negada. A menina não tinha nenhuma sensibilidade especial: estava apenas assustada. Passava correndo em frente à escada que levava ao mirante do hotel, imaginando que lá na torre, que durante anos foi a construção mais alta de Ostende, se escondia uma louca, uma louca de cabelos longos que se olhava no espelho, vestida com uma camisola branca; tinha medo do cozinheiro italiano que colocava lenha dentro da caldeira, mesmo depois de ele ter sido demitido (achava que poderia encontrá-lo nos corredores, à espreita, e que a jogaria no fogo também, junto com a madeira). Agora, mulher-feita, a filha do dono não passava os invernos no hotel. Dizia que não aguentava a mediocridade do balneário solitário nos invernos gelados, vento puro e sem ao menos um cinema aberto em Pinamar; dizia também que tinha medo de um eventual ladrão. Mas era mentira. Tratava-se do mesmo medo que a paralisava nos corredores circulares do hotel quando pequena, que a afastava da sala de refeição quase monástica do primeiro andar ou do grande espelho que aguardava por restauração no depósito, no qual temia ver refletido algo desconhecido.

Estranho. E ainda mais estranho era o que as pessoas, os hóspedes, o próprio dono contavam. A história do pedreiro que morreu na construção e foi emparedado, como se o hotel tivesse pretensões de catedral gótica. A hóspede que garantia ouvir barulhos de festa no salão de jantar principal, que se dissolviam com um chiado cauteloso quando ela tentava se aproximar. O cozinheiro que confirmava os boatos dos fantasmas celebrantes. Tudo falso. Ela era a encarregada de encontrar para o hotel aquilo que os outros temiam ou inventavam. E nunca havia conseguido. Nem quando os belgas abandonaram o hotel para ir à guerra. Nem durante os anos da areia, com o edifício soterrado até o primeiro andar. Nem no verão da baleia, com todas aquelas moscas que invadiram a praia com seu zumbido mortal alimentando-se do animal morto e encalhado. O verão em que ninguém se banhou no mar.

Sim, gente desesperada se hospedava no hotel. Sim, ela os havia escutado ruminar desejos de morte e lhes presenteara com sonhos de infâncias terríveis e dores esquecidas. Mas nenhum estava pronto. E era mentira que o tempo não passasse para seres como ela. Estava cansada. Esperava que cada verão fosse o último e passava cada vez mais tempo no mirante, onde mal chegava o murmúrio dos vivos, que ela sabia imitar tão bem, mas que não compreendia.

E se essa merda desse casaco não couber na mala eu vou congelar de frio, à noite faz frio na praia, pensou Elina, e não conseguiu conter o choro outra vez, como sempre acontecia agora a cada pequeno contratempo; como quando a lâmpada da sala de jantar queimava e ela não tinha uma sobressalente — nem ideia de como trocá-la —; como quando se esquecia de pagar a luz e precisava atravessar a cidade até os escritórios da empresa; como quando ficava sem comprimidos e saía para procurar uma farmácia de plantão às quatro da manhã. Tinha pedido licença na faculdade e havia tentado fingir certa sanidade para a família e os amigos, mas era tão complicado que já não atendia ao telefone e mal respondia os e-mails e eles que aguentem; não lhe importava o quanto estavam preocupados. Nem sequer lhes informou que havia deixado a terapia para ficar apenas com os comprimidos; não tinha mais nada para falar nem desenterrar, queria apenas aquele estado vagamente distante e químico que a desconectava mas lhe permitia viver um pouco, cada vez menos, porém o suficiente.

Sequer sentia vontade de ir ao hotel, mas prometera a si mesma, havia meses, antes do hospital, quando ainda acreditava que uma semana no mar poderia fazê-la se sentir melhor, obrigá-la a deixar de pensar em Pablo. Ele havia ido embora e não tinha ligado mais para ela nem escrito; não sabia se estava vivo ou morto, e ela preferia qualquer uma das duas notícias, qualquer uma das duas àquela vida em suspenso esperando por ele havia um ano. Como sempre, enviou-lhe uma mensagem avisando aonde iria. Mandou inclusive o número de telefone. Passaria o aniversário no hotel. Se Pablo estava vivo, se algum dia a amara, teria que ligar.

Ela sentia falta das carícias nas costas, dele rindo de sua paranoia, das tentativas inúteis de consolá-la, das horas que demorava no banho, de que quase não gostasse de comer, dos ossos do quadril, da maneira de falar gesticulando com as mãos; queria poder voltar a olhar as fotos dele e ficar com ciúmes quando ele dava mais atenção ao gato do que a ela e caminhar ao sol, ele sempre de óculos escuros, e os telefonemas de madrugada e vê-lo dormir e que soubesse ficar calado e ela irritada quando ele ficava tempo demais calado e as manhãs implorando que ele não fosse embora e chorar quando ele ia ainda que voltasse às duas horas e ela nunca o teria deixado assim, sem notícias, sem despedida, ingrato mas e se ele tivesse morrido porque era possível que ninguém soubesse mais dele a menos que escondessem dela mas como poderiam esconder alguma coisa se a tinham visto vomitar sangue por não comer, se a tinham visto morder o travesseiro até rasgar a fronha se a tinham visto machucando-se e bêbada e esperando durante horas um e-mail o olhar fixo na tela até a cabeça doer e os olhos vermelhos e chorar sobre o teclado e não sair esperando uma ligação; se a haviam escutado mandando-os à merda todas aquelas babaquices de seguir adiante de rei morto rei posto a vida continua você precisa transar há milhares de homens você está linda vamos dançar quero te apresentar a uma pessoa.

Gostou da garota, mas com os anos havia aprendido a não confiar nas primeiras impressões. Lembrava-se daquela vez, quase vinte anos antes, em que vira chegar uma mulher loira, com o nariz vermelho de chorar e os olhos perdidos; naquela mesma noite descobriu que passava uns dias no hotel para ficar perto do mar e tentar se consolar, um pouco, pela morte do filho. Ela assumiu a forma do menino e apareceu para ela nos corredores, no quarto, perto do balneário, na escada que levava ao primeiro andar, mas a mulher apenas gritou e foi levada por uma ambulância. Estava com o marido. Havia aprendido a lição: devia tentar apenas com mulheres sozinhas.

    A garota se chamava Elina e estava sozinha. Era linda, mas não se dava conta disso. Tinha olheiras de insônia e cigarros demais; exibia uma expressão desafiadora e era antipática com os falantes e amigáveis proprietários. Nem sequer olhava para os outros hóspedes. No primeiro dia não desceu para ir à praia, nem para tomar café da manhã, nem para almoçar, e no jantar empurrou a comida no prato e dissimuladamente tomou três comprimidos com o vinho. Ela soube que Elina odiava a praia. Por que estava lá, então? Algo havia acontecido com ela em uma praia, anos antes. Ela precisava descobrir naquela mesma noite, para que Elina se lembrasse disso em sonhos.

    Caminhou pelos corredores de carpete azul até o quarto. Elina havia reservado um dos melhores, com micro-ondas e geladeira, uma suíte, mas estava claro que ela não usaria nenhuma das comodidades. Ainda não era hora de assumir uma forma. Amanhã. Esta noite bastava que sonhasse com aquela noite na praia, quando Elina tinha dezessete anos e pensava ser invencível; aquela noite quando, saindo da boate, aceitara acompanhar um homem bêbado até o balneário vazio. Ele havia lhe tapado a boca para que ela não gritasse, mas Elina nem se mexera, por medo. E depois não havia contado a ninguém. Somente se lavara e chorara, e comprara uns cremes para aliviar o cheiro e a ardência da areia que queimava sua delicada pele interior.

Que bela ocasião para me lembrar dessa merda, pensou Elina, e olhou pela janela do quarto, que dava para a piscina. Não que ela tivesse esquecido, mas raramente aquela noite na praia aparecia em seus sonhos. Mas sabia que era por isso que Pablo a deixara. Porque às vezes ele a tocava e ela se lembrava da areia entre as pernas e da dor, e ela tinha que dizer chega, e nunca fora capaz de explicar por medo, até que ele se cansou e, como não, se ela estava arruinada para sempre.

    Do lado de fora um casal conversava, cada um sentado em sua espreguiçadeira, de mãos dadas. Detestou-os. As crianças mergulhavam embora não fizesse calor, e um homem na casa dos cinquenta lia um livro de capa amarela, na sombra. Poucos hóspedes, ou pelo menos essa era a sensação que o hotel dava, de tão silencioso. Isto não foi uma boa ideia, pensou Elina, e esperou uma hora, duas horas, mas ninguém ligou da recepção para avisar que havia um telefonema para ela. Trinta e um anos sem saber o que fazer. O que fazer. Mais vinte anos dando aulas na faculdade. Mais vinte anos de *docente*. Mais vinte anos de pouca grana e morrer sozinha; vinte anos de reuniões de professores e resmungos. Não tinha outro plano. Além disso, para ser sincera, talvez já nem pudesse voltar a ser *docente*. Em sua última aula, pusera-se a chorar enquanto explicava Durkheim, que idiota. Saiu correndo. Não conseguia esquecer as risadinhas dos alunos, mais nervosas do que cruéis, mas como gostaria de tê-los matado. Trancou-se na sala dos professores. Alguém a encontrou tremendo. Outro alguém chamou uma ambulância e de pouco mais se lembrava até ter acordado em uma clínica — cara, com profissionais amáveis e insuportáveis, paga por sua mãe —, e as sessões em grupo, e a horrível sensação de que não importava o que os outros diziam, e pensar em como morrer enquanto fazia atividades práticas ("consigo enfiar o pincel na jugular?"), e as sessões individuais de terapia em que ficava muda porque não conseguia explicar nada e a alta questionável. Seus pais haviam alugado um apartamento para que fosse independente, para que se recuperasse logo, para que se integrasse, todos esses lugares-comuns. E Pablo, que sequer havia perguntado por ela, seja lá onde estivesse. E voltar à faculdade por um mês a pedido do psiquiatra, mas só havia aguentado duas semanas, e licença, e agora a praia.

Prendeu o cabelo num rabo de cavalo bagunçado e decidiu ir almoçar — como de costume, acordara tarde demais, porque já não controlava a quantidade de comprimidos que tomava. E depois, disse a si mesma, para a praia. Fazia sol. Diziam que o mar acalmava. Ao sair, passou por estranhas esculturas de ovelha que pareciam saídas de um presépio enorme e olhou com certa curiosidade os adolescentes que brincavam de enfiar uma rolha na boca de um sapo de bronze.

Mais uma vez ela empurrou a comida no prato, mas conseguiu engolir duas garfadas e uma Seven-Up inteira, pelo menos açúcar. E saiu para o balneário, que ficava a apenas um quarteirão de distância; chegava-se por um caminho de pedras cercado de arbustos que lhe tiravam o fôlego, e se alguma coisa se escondesse ali, mas correu e alcançou as antigas escadas de madeira e o mar, a praia imensa, mais diáfana e de areia mais clara do que no resto da costa, e o céu de um azul-violeta porque ia chover. Sentou-se em uma das cadeiras, embaixo da barraca, e observou uns quarentões, ainda esbeltos, que jogavam futebol; pensou em se aproximar, quem sabe levar um deles para a cama, por que não, se não transava havia um ano, mas sabia que não, que o desespero se fareja, e ela fedia. Viu as garotas desafiando o vento com seus biquínis. E esperou pela chuva. Deixou-se encharcar. E quando os longos cabelos já pingavam sobre as calças, quando a água fria jorrava do pescoço para o peito e a barriga, tirou a gilete da bolsa e começou a fazer os cortes exatos no braço, um, dois, três, até ver o sangue e sentir a dor e algo parecido a um orgasmo. Que continuasse frio, assim poderia se cobrir. Embora não ligasse tanto. Temia apenas que alguma alma caridosa percebesse, se compadecesse e fizesse a temida ligação para Buenos Aires ou para o número da linha de assistência ao suicídio.

Quando voltou, perguntou se havia recebido alguma ligação. "Não, querida", disse a telefonista, toda sorrisos. No quarto, afundou na banheira e voltou a fazer os cortes, para que o sangue flutuasse ao seu redor e tingisse a água de vermelho. Era lindo. Afundou e abriu os olhos embaixo d'água, um oceano de espuma avermelhada.

Não quisera falar com ninguém, mas no café da manhã uma garota recém-chegada — imaginou isso porque estava muito pálida e parecia um pouco incomodada — sentou-se à sua mesa. Pela manhã a sala de refeição ficava cheia. Elina pediu café com leite para conseguir ficar acordada, porque não havia dormido e estava enjoada. O coração esperneou dentro do peito com o primeiro golpe da cafeína, mas ela não se importou. Que bom morrer assim, de repente, sem planejar, de uma maneira tão simples. Muito melhor do que os comprimidos: na vez que ela tentou, quando acordou com um tubo na garganta, se deu conta do quão difícil era ter uma overdose. Depois compreendeu seu erro, aprendeu quais eram os comprimidos que deveria ter tomado, mas não teve coragem de repetir.

A garota perguntou, depois de um tímido oi, se ela havia subido ao quarto de Saint-Exupéry. Elina disse que ainda não, embora pensasse o que diabos me importa o quarto de um escritor. Mas a garota insistiu. Não por fetiche literário. "Me disseram que as fotos tiradas lá dentro saem sempre borradas. Dizem que o fantasma fica registrado. Eu não sei. Mas este hotel bem que merece um fantasma."

Talvez, disse Elina, mas o de Saint-Exupéry realmente não me assusta. A garota riu. Um riso estranho, forçado mas não falso. Como se ela não estivesse acostumada a rir. Gostou dela. Ou pelo menos não lhe pareceu tão antipática quanto os garotos ricos e parafinados, os cavalheiros de conversa tão interessante, as meninas relaxadas com os namorados de óculos escuros e livros debaixo do braço, os quarentões que, à noite, abriam vinhos caros e os cheiravam, enquanto suspiravam antes de acender um charuto.

"E você sabe do mirante?", perguntou a garota. Por alto, disse Elina. Apenas que não o mostram a ninguém, porque a estrutura é antiga, ele não foi reformado e é perigoso. A garota negou com a cabeça. Tinha mãos compridas, mas era muito baixinha. O efeito era desproporcional, quase disforme. "Não é perigoso. A escada é íngreme. Eu a conheço. Podíamos ir. Não está fechado à chave, é mentira. A porta está um pouco emperrada. É preciso empurrá-la."

Está bem, disse Elina. Vamos amanhã. Pediu aquelas vinte e quatro horas de cortesia para ver se conseguia dormir. E, mais importante, encontrar algum local com internet, para o caso de Pablo ter escrito.

Mas nunca chegou a esse local. Reconhecia o tremor nas mãos, a falta de ar, aquela necessidade de sair do corpo, aquele pensar sempre na mesma coisa. Acendeu um cigarro no corredor e voltou fumando para o quarto, para esperar a noite e o dia seguinte de bruços na cama, com a televisão ligada mas incapaz de compreender o sentido de qualquer programa, aterrorizada por não conseguir chorar.

Os seres como ela não se entusiasmavam, não se excitavam. Apenas tinham certeza. E ela tinha certeza de que Elina era a indicada. Que faria.

Levara-a até o mirante. Era verdade que os donos trancavam a porta que dava para a escada de madeira, muito íngreme, com chave, mas lógico que aquelas ferramentas não podiam detê-la. Elina havia subido atrás dela, respirando com dificuldade; na subida, uma farpa tinha ficado presa em sua mão, mas ela nem se queixou. E quando chegou ao espaço quadrado do mirante, com as janelas de onde, na ponta dos pés, era possível ver o mar ao longe, a luz ocre, o cheiro de madeira e as sombras abaixo, e uma espécie de cavidade sob a torre, viu-a sorrir.

— A filha do dono, quando pequena, acreditava que tinham escondido a louca aqui.

— Que louca? — Elina continuava a sorrir.

— Louca nenhuma, nunca existiu uma. A menina havia lido algum livro com uma louca trancada e ficou impressionada.

— Sempre trancam as loucas nos livros — murmurou Elina.

— Podiam escapar.

— Podiam — disse Elina, e se sentou no chão, brincando com cacos de vidro de uma reforma que nunca havia sido concluída.

— Anteontem fiz aniversário — prosseguiu. — Trinta e um anos.

— E você não quis festejar?

Elina olhou para ela, e a garota sorriu, embora certamente não fosse isso que ela deveria fazer. Talvez devesse abraçar Elina, como costumava ver as pessoas fazerem. Mas isso poderia estragar tudo.

Era melhor trazê-la ao mirante de novo, no dia seguinte.

E deixá-la trancada.

E talvez mostrar a ela sua verdadeira forma antes de abandoná-la sozinha lá em cima.

E evitar que os hóspedes e os donos ouvissem os gritos. Era capaz de controlar o que chegava e o que não chegava aos ouvidos das pessoas.

E esperar que a fome a desesperasse, e falar com ela através da porta, dizer que ninguém viria buscá-la, porque ninguém se importava com ela.

Quem sabe entrar outra vez, várias vezes, se fosse necessário, e cada vez mostrar a ela algo a mais de sua forma. E de seu verdadeiro cheiro. E, claro, de seu verdadeiro toque. Ah, ela sabia que nada era mais assustador do que o seu toque.

E esperar o golpe, o barulho, os gritos: Elina havia observado com atenção não só as janelas, como também a escada. Um passo em falso naquela escada era o suficiente. E se não fosse, Elina poderia voltar a subi-la, e se jogar de novo. Era capaz de fazer isso.

E então o hotel teria Elina passeando em círculos com suas mãos frias e seus braços ensanguentados.

E ela seria livre, porque finalmente a encontrara.

7. ONDE ESTÁ VOCÊ, CORAÇÃO?

Tenho três lembranças dele, mas uma delas pode ser falsa. A ordem é arbitrária. Na primeira está sentado em uma poltrona, completamente nu, sobre uma toalha, vendo televisão. Não presta atenção em mim: acho que eu o espio. O pênis descansa entre uma moita de pelos pretos e a cicatriz que lhe atravessa o peito é de um rosa-escuro.

Na segunda, sua mulher o leva pela mão para o quarto. Também está nu. Olha para mim de rabo de olho. Tem os cabelos muito longos, mesmo para a época — os anos 1970 — e não vejo a cicatriz.

Na terceira ele sorri para mim de perto, o rosto quase colado ao meu. Na lembrança eu me sinto nua e tímida. Mas não sei se é real; não tem a mesma naturalidade das outras, posso tê-la inventado, embora reconheça essa sensação de timidez e vulnerabilidade que se repete muitas vezes nos meus sonhos. Não sei se ele tocou em mim. A sensação que acompanha essa lembrança se assemelha ao desejo, quando, se minhas suspeitas estiverem corretas, deveria se assemelhar ao horror. Não tenho medo dele, seu rosto não me atormenta, ainda que eu me esforce para provocar algo semelhante a um trauma infantil e suas consequências na vida adulta. Eu tinha cinco anos quando o conheci. Ele estava muito doente, havia operado o coração e a cirurgia tinha dado errado. Soube disso mais tarde, quando parei de visitar a casa dele — na verdade, a casa de minhas amigas, suas filhas —; soube quando ele morreu. Não me lembro de como ele se chamava e nunca ousei perguntar aos meus pais.

Algum tempo depois de sua morte, comecei a marcar o meu peito com as unhas, bem no meio, imitando sua cicatriz. Fazia isso antes de dormir, nua, e levantava a cabeça para ver o risco de pele irritada, até ele desaparecer e meu pescoço ficar dolorido.

Quando fazia muito calor, eu gostava de entrar no quarto que mamãe chamava de "quarto de solteira", porque era o mais fresco de todos. Era o único que ninguém ocupava, porque mamãe o usava como depósito de livros e móveis velhos. Eu adorava aquele quarto: gostava de me jogar, nua, na poltrona de corino, sempre fria, pegar um ventilador pequenininho e ler a tarde inteira. Meus amigos do bairro e da escola estavam na piscina do clube, mas eu não me importava: naquele cômodo eu havia me apaixonado perdidamente, pela primeira vez, quando conheci Helen Burns em uma edição ilustrada, meio caindo aos pedaços, de *Jane Eyre*.

Odiava aqueles desenhos. Porque mostravam a Helen muito mais velha do que o livro descrevia e porque por algum motivo a haviam imaginado loira, embora a cor de seu cabelo nunca fosse mencionada. Ela não era assim, e eu sabia, porque durante todo aquele verão eu a tinha imaginado sobre a poltrona, que havia se transformado na cama do orfanato, a cama em que Helen, tísica e moribunda, tão bonita, morria enquanto eu segurava sua mão.

Helen era um personagem menor no livro. Jane, a protagonista, chegava ao horrendo internato para moças de Lowood e não conseguia fazer amizade com ninguém porque o diretor, o malvado Brocklehurst, a havia constrangido diante de todas as suas colegas. Mas Helen não se importava: ficava amiga de Jane. Estava acima de tudo aquilo, porque estava perto da morte. Pressenti que ia me apaixonar por ela quando Jane a viu pela primeira vez no pátio, lendo aquele livro de nome estranho, *Rasselas*. Mais um capítulo, e Helen estava morta. Uma epidemia de tifo começava no colégio, Helen sofria uma recaída da tuberculose e era transferida para um quarto no primeiro andar. Jane ia visitá-la uma noite. Nessa última noite, Helen e Jane dormiam juntas. Hoje, quando me lembro desse capítulo (porque não preciso relê-lo, eu sei de cor), percebo tudo: quando Jane se deita na cama da moribunda e Helen lhe diz: "Você está com calor, minha vida?" Minha vida. Era uma cena de amor. Quando Jane acorda, sua amiga Helen está morta. Esse capítulo: todas as noites, todas, eu me deitava e abraçava o travesseiro fingindo que era Helen, mas não adormecia como a idiota da Jane, não, eu a observava morrer, segurava sua mão, e ela, que morria com o olhar sem brilho fixado em meus olhos (e a respiração entrecortada), me permitia ver alguma coisa daquele outro lugar, para onde partia para sempre.

Logo me dei conta de que minha fantasia era impraticável. Quando tinha quatorze anos, uma amiga me disse, penalizada:

— Sabe do que eu fiquei sabendo? Você se lembra do irmão da Mara?

Mara era uma ex-colega de classe que havia mudado de escola.

— Sim.

— Bom, descobriram que ele tem um tumor entre o coração e os pulmões, e não dá para operar, então ele vai morrer.

Uma semana depois eu estava sugerindo a minha amiga que visitássemos a Mara. Eu queria conhecer seu irmão moribundo porque suspeitava que, bem, que poderia me apaixonar por ele. Mas quando o conheci... embora o garoto parecesse adequadamente doente, não gostei dele. Naquela época eu vivia confusa e cheguei a uma conclusão que me deixou com a consciência tranquila: eu não gostava de doentes reais, portanto não era uma depravada. Pensar assim não me salvou da obsessão. Durante um ano gastei o dinheiro que mamãe me dava em livros de medicina caríssimos, enquanto meus amigos gastavam com drogas. Nada me dava tanta felicidade quanto aqueles livros. Todos aqueles eufemismos para falar sobre a morte. Todos aqueles termos médicos, lindos, que não significavam nada, aquele jargão duro, aquilo era pornografia. Àquela altura eu já sabia bem o que me excitava e o que não me excitava, e por isso havia desenvolvido um tédio crescente em relação aos romances vitorianos, nos quais sempre surgia algum doente, mas nunca se sabia muito bem de que ele estava morrendo. Eu estava farta dos tísicos, depois de ter superado a paixão brutal por Hipólito, o tuberculoso adolescente de *O idiota*, que durou mais de um ano. Queria pornografia: os doentes como Helen, Tadzio ou Ippolit eram erotismo, insinuações. E eram sempre personagens secundários. Ippolit era ideal: bonito (Dostoiévski se encarregou de colocar na boca do príncipe Mishkin aquilo de "tem um rosto muito belo" que me fazia tremer), adolescente, definitivamente moribundo e teimoso e vulnerável e perverso. Mas falava demais e desmaiava pouco: eu estava cansada das descrições das palidezes e dos suores e da tosse. Queria mais dados, queria sexo explícito. Os livros eram ideais e, além disso, me ajudaram a especificar os fetiches. Passava longe das doenças neurológicas: não gostava das convulsões nem dos retardos mentais nem das paralisias, e sem dúvida o sistema nervoso me entediava. Curiosamente, não me importava com toda a oncologia: o câncer me parecia sujo, superestimado socialmente, um pouco vulgar (a pobre senhora tem um *tumor*, diziam as velhas... e também se dizia "aquela doença"), e havia filmes de mais sobre cancerosos heroicos (eu gostava dos doentes heroicos, mas não daqueles que não eram um *exemplo de vida*). E como é sem graça a nefrologia: era óbvio que as pessoas morriam se seus rins parassem de funcionar, mas eu não ligava, porque a própria palavra "rins" me parecia horrorosa. Sem mencionar o trato gastrointestinal, tão sujo.

Eu sabia bem do que gostava, onde me detinha, e, uma vez descoberta a especialidade, me dediquei apenas a isto: eu gostava dos doentes pulmonares (reminiscências de Helen, Ippolit e todos os outros tísicos, com certeza) e dos doentes cardíacos. Isso tinha seu lado vulgar, mas apenas se eles fossem anciãos (ou tivessem passado dos cinquenta, quando começavam a irromper sustos como o colesterol). Se fossem jovens... que elegância. Porque, de maneira geral, não se percebia. Se fossem bonitos, era um tipo de beleza arruinada mas secreta. Todas as outras doenças costumavam ter um prazo: com essa era diferente. Podiam morrer a qualquer momento. Certa vez comprei um CD em uma livraria médica (onde todos os funcionários achavam que eu era estudante; precavida, havia me encarregado de que pensassem isso) que se chamava *Sons cardíacos*. Nada antes tinha me dado tanta felicidade. Suponho que o que homens e mulheres normais sentem ao ouvir gemidos de prazer do sexo que eles gostam é o que eu sinto ao ouvir o bater desses corações arruinados. Tanta variedade! Tantas batidas diferentes, todas significando coisas distintas, todas lindas! As outras doenças não eram *escutadas*. Além do mais, muitas doenças *cheiravam*, coisa que me desagradava. Se eu saía com o *mp3 player* para andar de bicicleta, precisava parar, porque me excitava demais. Por isso escutava à noite em casa, e nessa época fiquei preocupada porque *não me interessava pelo sexo real*. As faixas de áudio com batimentos cardíacos supriam tudo. Com os fones de ouvido, podia me masturbar por horas, jorrando entre as pernas, o braço com uma contratura de tanto esfregar e o clítoris inflamado até ficar do tamanho de uma uva grandona.

Decidi me desfazer dos batimentos gravados depois de um tempo. Eu estava ficando louca. A partir daí, uma das primeiras coisas que fazia com um homem era apoiar minha cabeça em seu peito para descobrir alguma arritmia, sopro, irregularidade, terceiro som, galope ou qualquer outra coisa. Sempre me perguntava quando apareceria alguém que fosse uma combinação insuperável de elementos. Agora quando me lembro desse desejo sorrio amargamente.

Posso precisar o momento em que perdi o controle. Após anos de busca infértil, encontrei um site na internet em que outros fetichistas de batimentos cardíacos compartilhavam seus corações. Faziam isso ao vivo, em chats, mas também tinham um extenso arquivo sonoro, que podia ser baixado, deliciosamente classificado em batimentos normais, anormais, durante o exercício, sopros, forçados... Eu nunca participava das conversas. Apenas copiava os sons e me deitava para escutá-los. Um ritmo acelerado, regular; de repente um batimento adiantado, outro atrasado (extrassístoles ou contrações ventriculares). E eu que achava que minhas masturbações eram violentas! Não fazia ideia, não sabia nada dos limites do tesão. Meu dedo médio entre o pequeno lábio direito e o clitóris, esfregando até chegar ao osso, até o osso doer, às vezes até sangrar, e os orgasmos vindo, um atrás do outro, implacáveis, enormes, durante horas. Os lençóis úmidos, a transpiração escorrendo entre os peitos, a pele sempre arrepiada e sentir o clitóris inchado, glorioso, e as contrações da vagina e do útero. Taquicardias supraventriculares, o lindo sopro da estenose aórtica, os batimentos desordenados causados por hiperventilações ou manobras de Valsalva, coisas que só os corajosos ousavam fazer. Às vezes, um coração oculto, batendo quase inaudível e enlouquecido atrás das costelas, um som que se alcançava prendendo a respiração; e quando finalmente o oxigênio voltava, esse coração se sacudia como se vivesse dentro de uma lata de tomates, desconcertado, às vezes lento demais, como se estivesse a ponto de parar.

Eu não atendia ao telefone. Chegava atrasada em todos os lugares. Só parava quando a dor na vulva irritada, às vezes machucada, me tirava o prazer. Às escuras com os fones de ouvido e os corações, essa era minha vida, sexo com pessoas nunca mais. Para quê?!

Até o dia em que eu isolei um dos corações. Seu batimento nunca falhava. Eu o distinguia perfeitamente, mesmo sem conhecer o dono, que usava o nome de HCM1. As gravações eram sempre muito claras, e os batimentos, sempre diferentes e perigosos: na fibrilação atrial, nas taquicardias longuíssimas, em ritmo galopante. Era um homem. Ouvia-se sua respiração algumas vezes e vestígios de sua voz. Quando encontrei um arquivo em que gemia porque — dizia o texto que acompanhava a faixa — havia sentido uma dor no peito durante a sessão, decidi entrar no chat para conhecê-lo.

Por um tempo ele foi evasivo. Um tempo longo demais para mim, mas suponho que objetivamente curto. Passado um mês do primeiro contato, ele concordou em me visitar. Estranho: morávamos na mesma cidade. Estatisticamente improvável, se não impossível, porque nosso encontro havia ocorrido em uma comunidade internacional de fetichistas. Decidimos não dar importância a isso, não cair em sinais do destino ou teorias similares. Resolvemos apenas aproveitar. Ele gostava que ouvissem seu coração. Estava muito doente, por isso costumavam rejeitá-lo nos chats e nas comunidades on-line. Achavam que isso era extremo demais, que ele estava indo longe demais, frustrando a ideia de jogo e prazer. Logo nós dois abandonamos a vida virtual e nos trancamos em meu quarto com um equipamento de gravação, um estetoscópio, remédios e substâncias que ajudavam a alterar sua frequência cardíaca. Nós dois sabíamos como aquilo poderia terminar e não nos importávamos.

Tinha o cabelo tão escuro quanto o homem que eu havia conhecido na infância e o mesmo sorriso. Mas tinha três cicatrizes, não uma. O esterno havia sido aberto como um canal: um observador casual enxergaria apenas uma, mas eu as distinguia, a primeira transparente, fina, quase totalmente encoberta pela segunda, de um rosa opalescente, que brilhava, como se tivesse sido riscada com esmalte; a última, mais larga, brutal, era mais escura do que a pele. A cicatriz que cruzava suas costas (ele havia detalhado para mim esse procedimento tão doloroso) era enorme, desajeitada. As pequenas cicatrizes na barriga, discretas, estavam distribuídas ao acaso. A pele da parte interna do cotovelo estava marcada como a de um viciado. Havia mais uma cicatriz curta, um afundamento escuro no lado direito do pescoço. Tantas marcas. E a respiração difícil, os lábios enormes que às vezes ficavam tão azuis quanto seus olhos.

Sua doença podia ser ouvida, naquelas súbitas respirações quando ficava sem ar ao falar, nos ataques noturnos de tosse que o deixavam pálido e tremendo. O tempo inteiro me deixava apoiar a cabeça sobre seu peito, para ouvir. Um batimento normal tem dois sons, abrir e fechar. Mas seus batimentos tinham quatro: um galope, um esforço desesperado, diferente, antinatural. Piorava com uma xícara de café. Assustava com um pouco de cocaína. Muitas vezes ele desmaiava, e eu continuava escutando com o estetoscópio, apavorada e excitada, até que ele recuperava uma espécie de normalidade e acordava. Eu podia passar horas sobre seu peito e então, emocionada, o beijava e abraçava quase violentamente, e seu riso e sua entrega me preocupavam porque, às vezes e com mais frequência à medida que o tempo passava e nossa intimidade crescia, eu tinha certeza de que se o escutasse por mais um segundo eu mesma iria destruí-lo. Golpeá-lo, abri-lo com as unhas, mais marcas, uma maneira de estar mais perto, torná-lo mais meu. Precisava conter esse desejo, essa vontade de me saciar, de abri-lo, de brincar com seus órgãos como troféus escondidos. A ponto de impor a mim mesma pequenos castigos:

não comer por um dia inteiro, não dormir por setenta e duas horas, caminhar até ficar com cãibra nas pernas..., pequenos rituais, como se eu fosse uma menina que desejou que a mãe morresse porque ela não quis comprar alguma coisa, por isso o remorso e os pequenos sacrifícios, "nunca mais vou falar palavrão, Deus, eu prometo, mas não deixe a mamãe morrer", e o palavrão que escapa e então as corridas à noite para ver se a mãe ainda respira na cama enquanto dorme.

Mas acho que acabei odiando-o. Talvez eu o odiasse desde o início. Como odiava o homem que havia me tornado anormal, que havia me deixado doente, com seu pênis cansado na frente da televisão e aquela linda cicatriz. O homem que havia me arruinado. Eu odiava meu amante. Caso contrário, alguns jogos seriam inexplicáveis. Eu o fazia respirar rapidamente em um saco plástico, até ver sua testa ficar úmida e seus braços tremerem. O coração golpeava sob o estetoscópio, e ele costumava implorar "chega", mas eu pedia mais, e ele nunca dizia não. Tive que o levar ao hospital uma vez, e, quando regulavam sua taquicardia com cardioversão — uma descarga elétrica no peito, como nas ressuscitações —, eu me tranquei em um banheiro próximo e caí sobre a privada quando cheguei ao orgasmo, uivando. Comprava *poppers*, cocaína, tranquilizantes e álcool para ele. Cada substância provocava um efeito diferente e ele deixava, nunca reclamava, mal falava. Ele até pagou o meu aluguel com suas economias quando ameaçaram me despejar do apartamento; nunca paguei de volta, já não tinha telefone, preocupava-me apenas com a eletricidade, para que o gravador pudesse funcionar, para que eu pudesse voltar a ouvir meus experimentos quando ele estava exausto demais, quase inconsciente.

Ele nem sequer protestou quando eu disse que estava entediada. Que queria vê-lo. Apoiar minha mão sobre o coração retirado das costelas, das jaulas, tê-lo em minha mão batendo até parar, sentir as válvulas desesperadas num abrir e fechar ao ar livre. Ele disse apenas que também estava cansado.

E que íamos precisar de uma serra.

8. CARNE

Então uma parte dele sobreviveu, mas a maior parte morreu.
RUDYARD KIPLING

Todos os programas, os jornais, todas as revistas e as rádios queriam falar com elas. As unidades móveis de televisão se instalaram do lado de fora da clínica psiquiátrica onde elas ficaram internadas durante mais de uma semana, mas não conseguiram nada. Quando elas receberam alta, os cinegrafistas as perseguiram correndo, alguns se embolaram nos cabos e muitos caíram na calçada, mas elas não fugiram. Apenas olharam com um sorriso que mais tarde foi descrito como "assustador" e "místico", e partiram no carro dirigido pelo pai de Mariela, a mais velha. Os pais também não falavam: as câmeras só conseguiram registrar seus passeios nervosos pelos corredores da clínica, seus olhares temerosos e o choro da mãe de Julieta, a mais nova, quando saía de casa com uma sacola cheia de roupas.

O silêncio provocou uma histeria nunca antes vista. As capas dos jornais falavam do caso de fanatismo adolescente mais impactante não apenas da Argentina, mas também do mundo. A história foi divulgada pelas redes de notícias internacionais. Foram convocados psiquiatras e psicólogos especializados, o assunto monopolizou os noticiários, os programas de fofoca, as revistas e os *talk shows* da tarde; não se falava de outra coisa na rádio. Julieta e Mariela, dezesseis e dezessete anos, duas garotas de Mataderos fãs de Santiago Espinho, a estrela de rock que em menos de um ano havia deixado para trás o subúrbio para encher teatros e estádios do Centro de Buenos Aires; Santiago, a quem a imprensa especializada amava e odiava em proporções iguais: gênio, pretensioso, artista inclassificável, produto comercial para hipnotizar meninas alienadas, futuro da música argentina, idiota voluntarioso. O Espinho — como o chamavam seus fãs e detratores — surpreendeu a crítica com seu segundo disco, *Carne*, onze canções que dividiram ainda mais as opiniões: alguns o chamavam de obra-prima; outros, de anacronismo autoindulgente. As vendas dispararam, e a gravadora começou a sonhar com um lançamento internacional; Santiago Espinho era esquisito, sim, era imprevisível e quase nunca dava entrevistas, mas como poderia recusar turnês de divulgação por México, Chile, Espanha? Precisavam apenas convencê-lo a fazer um videoclipe de uma vez por todas, para que o mundo pudesse ver seus olhos e o modo como suas calças roçavam os ossos proeminentes dos quadris.

Um mês depois de *Carne* ter esgotado, a cidade empapelada com o rosto do Espinho recebia a notícia de seu desaparecimento, dias antes do show do disco de supersucesso no estádio Obras. Os ingressos estavam esgotados. As fãs — porque eram em sua maioria garotas, o que aumentava o desprezo dos detratores — choravam em encontros espontâneos nas ruas, organizavam marchas e recitavam as letras de *Carne* em uma litania extática, ajoelhadas diante de pôsteres do Espinho presos com fita adesiva a monumentos e árvores em todas as praças de Buenos Aires, como se rezassem para um deus moribundo.

Quando o desespero contagiou as adolescentes do interior do país, a descoberta do corpo de Espinho causou um terror desconhecido nos pais desorientados. Santiago apareceu em um quarto de hotel em Once, com o corpo todo cortado: havia usado, conscientemente, uma gilete e uma faca de carne para esfolar os braços, as pernas, a barriga. No braço esquerdo, havia cortado até o osso. No peito era possível ver o esterno. E, possivelmente semi-inconsciente, havia cortado a jugular com um talho arrojado e preciso. Ele não tinha mutilado o rosto. Um dos policiais encarregados de colocar a porta do quarto abaixo declarou que parecia uma câmara frigorífica: era pleno inverno, e ainda por cima Santiago havia deixado o ar-condicionado ligado. Houve teorias conspiratórias sobre um possível assassinato, mas foram descartadas quando se revelou que o quarto estava trancado por dentro e o bilhete de suicídio foi divulgado, quase ilegível pela letra nervosa e as manchas de sangue. Dizia: "Carne é comida. Carne é morte. Vocês sabem qual é o futuro." Delírios agônicos, disseram os especialistas. E as fãs se calaram e choraram e choraram trancadas em quartos em que se misturavam ursos de pelúcia, diários íntimos com capas cor-de-rosa, mochilas sempre abarrotadas e fotos do Espinho mais belo do que nunca, agora que a morte brilhava em seus olhos.

O país esperou por uma epidemia de suicídios adolescentes que nunca chegou. As meninas voltaram à escola e às boates, e apenas um caso de depressão grave foi registrado em Mendoza, ainda que todas ouvissem *Carne* como o último desejo e testamento de seu ídolo, tentando decifrar as letras em fóruns de internet e em longas conversas telefônicas. A imprensa se despediu de Santiago Espinho com manchetes e elegias, e por um tempo só se falou de suicídio, drogas e rock 'n' roll. O enterro no Chacarita foi muito menos lotado e mais triste do que o esperado, e o luto foi aplacado quando a transmissão do cortejo das pessoas próximas à estrela nos programas de televisão foi finalizada. Santiago Espinho passou para as efemérides, pronto para ser desenterrado quando se completasse um ano de seu nascimento ou de sua morte.

Ninguém podia imaginar que algo estava sendo gestado em Mataderos, entre duas garotas, uma foto amassada do bilhete de suicídio e *Carne* no aparelho de som, do começo ao fim, repetidas vezes.

Mariela havia sido uma das primeiras "espinhosas". (Era como a mídia chamava as fãs, as garotas com olhos delineados de preto mortuário, boás de penas baratas no pescoço e calças que imitavam pele de onça.) Ela o havia seguido durante um ano, noite após noite, por onde o Espinho tocasse. Conhecia todos os trens e ônibus suburbanos, e havia passado madrugadas geladas em plataformas tremendo de frio, com a lista de músicas do show no bolso, acariciando o papel, os olhos fechados. O Espinho a conhecia e, às vezes — muito raramente, porque quase nunca se comunicava com seu público, nem sequer para anunciar as músicas ou dizer boa-noite —, dava a ela um pequeno presente: a palheta da guitarra ou um copo plástico com restos de cerveja. No banheiro de um bar em Buzarco conheceu Julieta, a mais célebre das espinhosas porque havia tatuado o nome do ídolo no pescoço; de longe, as letras pareciam uma cicatriz, como se a cabeça da garota estivesse costurada ao pescoço. Ela havia conseguido tirar uma foto com o Espinho: os dois estavam muito sérios, não se tocavam, e o *flash* deixara seus olhos vermelhos. Julieta e Mariela moravam a dez quarteirões de distância uma da outra e o suicídio do Espinho as uniu tanto que começaram a se parecer fisicamente, como os casais que convivem durante décadas ou os solitários que adquirem a expressão de seus animais de estimação.

Essa semelhança mimética havia surpreendido o zelador do cemitério que as encontrou de madrugada, quando tentavam pular o muro. "Ainda estava escuro", disse, "mas em nenhum momento pensei que fossem ladrões, dava para ver que eram meninas, e ao me aproximar vi também que eram gêmeas". Julieta e Mariela não brigaram com o zelador. Aparentemente atordoadas, deixaram-se levar até o escritório; o homem acreditava que estavam drogadas e supôs que tinham passado a noite no cemitério para velar o Espinho. Ele e seus colegas já haviam encontrado garotas antes, escondidas nos corredores dos nichos e atrás das árvores, perto da hora de fechar, mas nenhuma conseguiu acompanhar o ídolo até o amanhecer. O zelador achava que Julieta e Mariela tinham dado sorte, mas enquanto as repreendia e pedia o telefone dos pais delas percebeu que as garotas estavam sujas de terra, sangue e uma camada de sujeira que fedia e cobria as mãos e as roupas e os rostos. Então chamou a polícia.

À tarde, a notícia vazou para a imprensa. Duas adolescentes haviam desenterrado o caixão de Santiago Espinho com uma pá e as próprias mãos. O túmulo, apenas um mês após o enterro, ainda não tinha o mármore definitivo que teria dificultado a tarefa para elas. Mas a exumação foi apenas o começo. As garotas haviam aberto o ataúde para se alimentar dos restos do Espinho com devoção e asco — as poças de vômito ao redor do buraco eram provas do seu esforço. Um dos policiais também vomitou. "Deixaram os ossos limpos", disse ele à televisão, e o apresentador, trêmulo, ficou sem palavras pela primeira vez em sua carreira. As garotas foram levadas em um carro de patrulha para a delegacia e lá foi decidido que seriam internadas em uma clínica particular. Os policiais disseram que Julieta e Mariela em nenhum momento choraram ou falaram com eles; apenas sussurraram coisas ao ouvido uma da outra e permaneceram o tempo todo de mãos dadas. Divulgou-se que, quando quiseram lavá-las na clínica, elas resistiram com tanta fúria que uma das enfermeiras acabou mordida e arranhada; foi preciso medicá-las para limpá-las desacordadas.

Falar com elas, com sua família, com seus médicos, tornou-se uma prioridade. Mas todos ficaram em silêncio. A família do Espinho decidiu não processar Julieta e Mariela "para que esse horror não continue". A mãe do astro, diziam, vivia dopada de tranquilizantes. As versões sobre uma tentativa anterior de suicídio não puderam ser confirmadas; tampouco se encontrou alguma namorada do Espinho, apenas amantes que não haviam passado mais do que uma noite com ele e tinham pouco a dizer. Os músicos da banda se recusaram a falar com a imprensa, mas quem os conhecia afirmava que estavam em choque e, acima de tudo, enojados. Soube-se que todos abandonariam a música para sempre. Nunca haviam tido uma boa relação com Santiago, eram empregados, ou melhor, escravos, que aceitavam os caprichos dele com resignação, por ambição e uma admiração distante.

As fãs sentavam-se, mal-humoradas, em estúdios e programas televisivos para brigar com apresentadores e psicólogos. Haviam decidido evitar roupas pretas, apareciam esparramadas nos sofás com os lábios vermelhos, calças de oncinha, camisetas brilhantes e as unhas vermelhas, azuis, verdes, cor-de-rosa. Respondiam às perguntas com monossílabos e às vezes com risinhos irônicos. Uma delas, no entanto, chorou abertamente quando lhe perguntaram o que pensava das garotas que haviam comido o ídolo. Desafiadora, ela gritou: "Tenho inveja delas! Elas o entenderam!" E balbuciou alguma coisa sobre a carne e o futuro, disse que Julieta e Mariela estavam mais próximas do Espinho do que qualquer uma delas; tinham-no em seu corpo, em seu sangue. Houve um programa especial sobre os soldados canibais adolescentes da Libéria que acreditam obter a força de seus inimigos devorados e usam colares de ossos. O canal que o transmitiu foi criticado como exemplo de mau gosto e simplismo. Falou-se da necrofilia como perversão nacional, e os canais a cabo programaram os filmes *Vivos* e *Grave*. Até Carlitos Páez Vilaró participou de uma mesa-redonda e se viu obrigado a diferenciar sua antropofagia "por necessidade" daquela "loucura". Especialistas em cultura do rock e sociólogos destrincharam as letras de *Carne*; alguns compararam o Espinho a Charles Manson; outros, horrorizados, denunciaram a ignorância e o simplismo, e elevaram o Espinho à categoria de poeta e visionário.

Julieta e Mariela, enquanto isso, permaneciam nas respectivas casas de Mataderos, separadas por dez quarteirões; haviam sido proibidas de se comunicar novamente. Deixaram a escola. O pai de Mariela ameaçou os cinegrafistas da varanda com uma arma, e as equipes de comunicação recuaram para a esquina. Os vizinhos, sim, falavam e diziam o previsível: boas meninas, adolescentes um pouco rebeldes, que horror, isso não pode acontecer de novo. Muitos se mudaram. O sorriso das garotas, congelado nas telas de televisão e nas capas dos jornais, causava medo neles.

Enquanto isso, em todo o país, em cada cibercafé, as espinhosas se reuniam diante da tela do computador, porque os e-mails começaram a chegar. Nenhuma delas poderia jurar que fossem de Julieta e Mariela, não sabiam se elas tinham acesso à internet em seu isolamento, mas todas sabiam, ou desejavam, e guardavam o segredo com muito zelo. Os e-mails falavam de duas garotas que logo completariam dezoito anos e se libertariam de pais e médicos para tocar as canções de *Carne* em porões e garagens. Falavam de um culto subterrâneo imparável, de Elas As Que Tinham Espinhos no corpo. As fãs esperavam com glitter nas bochechas, as unhas pintadas de preto e os lábios manchados de vinho tinto pela mensagem que lhes desse a data e o local da segunda vinda, o mapa de uma terra proibida. E ouviam a última canção de *Carne* (em que o Espinho sussurrava "Se tens fome, come de meu corpo. Se tens sede, bebe de meus olhos") sonhando com o futuro.

9. NEM ANIVERSÁRIOS NEM BATIZADOS

Ele estava sempre por perto, um conhecido que aparecia nas festas embora ninguém soubesse quem o havia convidado, mas eu tinha acabado de ficar amiga dele naquele verão em que todos os meus amigos resolveram se tornar idiotas, ou o verão em que decidi odiar todos os meus amigos.

Era diferente dos outros. Nunca dormia, como eu, e nossa conexão sonâmbula nos uniu, a princípio por acaso, em chats desolados às quatro da manhã, quando nossos nomes sempre apareciam na tela, os únicos que estavam acordados àquela hora e com vontade de conversar: *zedd* e *crazyjane*. Ele havia escolhido como apelido o sobrenome de um lendário diretor de cinema *underground* de Nova York que adorava, embora nunca tivesse visto nenhum de seus filmes. Eu havia tirado o meu de um poema de Yeats. Acho que nos tornamos amigos apenas porque ele soube instantaneamente quem era Crazy Jane e eu soube quem era Zedd.

Então começaram os encontros em bares. Odiávamos os que se embebedavam até vomitar ou até o ridículo e as confissões patéticas, então tomávamos calmamente nossos uísques e criticávamos os outros. Nunca conheci alguém que fumasse tanto quanto ele: acabava com três maços em uma noite.

Nico (o verdadeiro nome de Zedd) tinha estudado cinema por quinze minutos e detestado tudo, mas graças a um trabalho ridículo (passear com cachorros) conseguira juntar dinheiro para comprar uma câmera. Até aquele verão não havia descoberto o que fazer com ela. Mas numa dessas conversas de bar, enquanto alguma banda horrível tocava (tudo nos parecia horrendo naquele verão), Nico teve uma ideia de como ganhar dinheiro com a câmera. Na segunda-feira seguinte seu anúncio começou a aparecer no jornal. Dizia: "Nicolás. Filmagens estranhas. Não faço aniversários, batizados ou festas familiares. Ideal para *voyeurs*. Não faço nada ilegal nem trabalho para maridos cornos. Ligue para..." Eu disse a ele que dificilmente alguém entraria em contato ou sequer compreenderia aquele anúncio. Ele me respondeu que as pessoas perturbadas ou estranhas o entenderiam. Estava convicto. E tinha razão.

Ele não me avisou quando recebeu os primeiros pedidos, mas me ligou assim que alguns vídeos ficaram prontos. Nós nos trancamos para vê-los em seu conjugado, que tinha duas estantes cheias de filmes em VHS e DVDs organizados cuidadosamente por ordem alfabética e uma montanha de livros com parágrafos sublinhados em cada página. Uma pessoa normal teria se sufocado naquele apartamento, tamanha era a fumaça. Mas se ele fumava três maços, eu fumava dois. Todos os meus esforços para reduzir a dez cigarros por dia tinham sido inúteis. Naquele verão, toda a minha força de vontade havia desaparecido e eu não conseguia cumprir objetivos simples como dormir à noite e comer pelo menos duas vezes por dia. Como morava sozinha, não tinha ninguém para apontar minha depressão ou tentar levantar o meu ânimo. Foi a melhor coisa que me aconteceu em anos.

A maioria dos vídeos era de casais transando. O estranho era que ninguém (ou quase ninguém) se certificava de que Nico não guardasse uma cópia. Acho que era pedir muito, além do mais não tinham como controlá-lo e provavelmente não se importavam. Nico me explicou que os excitava mais serem filmados, que o tratavam como se ele fosse um diretor de filmes pornô. Não queriam filmar eles mesmos o próprio vídeo amador, como algo particular do casal. Queriam que outra pessoa o fizesse, tornava aquilo mais excitante. Ele me mostrou alguns vídeos, mas eram chatos. Ver gente transando é chato. Nem Nico nem eu conseguíamos entender por que a pornografia era um negócio milionário.

Outro vídeo era de mulheres de salto alto andando pela rua. Não podiam conseguir isso em *sex shops* que vendiam vídeos de fetiche? Bem, explicou Nico, podiam conseguir de mulheres com salto alto, claro, mas os caras pediam que elas caminhassem por ruas específicas da cidade: não queriam saltos genéricos em caminhadas anônimas. Outro vídeo era, justamente, um passeio pela cidade; havia sido pedido por uma garota fóbica que não conseguia sair de casa fazia seis meses. Ele me contou que, quando entregou o vídeo, a garota o abraçou chorando. Nunca havia visto uma pessoa tão pálida, destacou.

Agora vem o mais interessante, disse então, e colocou no aparelho um CD que havia intitulado "garotinhas" com tinta preta. Explicou que um homem o contratara para filmar meninas ao ar livre, em praças, na rua, em pátios de escolas. Queria apenas as com menos de doze anos, mas com mais de seis, e exclusivamente loiras. Nico não perguntou por que ou para quê, mas não era difícil imaginar, por isso tivera que fingir estar sentado em um banco de praça com a câmera sobre os joelhos, esperando, quando na verdade ela estava ligada e tentava enfocar dissimuladamente as garotinhas brincando. Nico não tinha um preço fixo para as filmagens (geralmente negociava com os clientes), mas não ficou surpreso quando o suposto pedófilo lhe ofereceu três mil pesos. Na verdade, Nico se convenceu de que era pedófilo quando o homem lhe informou a cifra que estava disposto a pagar.

Entregou o vídeo, disse ele, e no dia seguinte o homem voltou a ligar, descontente. A princípio não sabia ou não podia explicar por quê, até que finalmente, depois de muitos rodeios, disse que o vídeo não tinha pele. Nico respondeu que acreditava ter a solução. Pediu que confiasse nele, e o homem se comprometeu a pagar o dobro se ficasse satisfeito. Vimos o vídeo: Nico havia escolhido uma piscina de água aquecida do clube, um curso de natação para meninas de seis a nove anos. Havia várias loiras: era um clube do Bairro Norte. Em meio ao vapor, as meninas corriam para cima e para baixo pela beira da piscina, e o *zoom* ampliava seus maiôs úmidos colados ao púbis, as gotas que deslizavam por suas bundinhas, as que caíam entre as pernas. Uma delas acariciava o cabelo da outra, que, em uma explosão de carinho infantil, beijava-a efusivamente e depois apoiava a cabeça no ombro da amiga. Na piscina, viam-se pernas batendo, as bundinhas que se afastavam na água agitada; nas bordas, algumas arrumavam os maiôs quando as alças caíam e quase deixavam os peitos retos à mostra.

— Ele gostou? — perguntei.

Nico sorriu e, como resposta, disse que havia recebido seis mil pesos, mais uma gorjeta de quinhentos.

Quando Nico me ligou numa tarde horrível e gelada enquanto eu tentava estudar uma matéria tediosa, deduzi pelo tom de voz que se tratava de algo urgente relacionado ao seu trabalho; era a única coisa que o fazia soar alegre.

Uma mulher tinha ligado para ele dois dias antes, disse. Não quis explicar nada por telefone, mas isso não lhe parecera estranho: eram sempre assim os pedidos de vídeos eróticos. Ele chegou à casa sem grandes expectativas. Mas rapidamente se deu conta de que sua intuição tinha falhado. Havia algo na mulher, sua postura encurvada, sua maquiagem caprichosa mas exagerada, que não escondia a falta de sono nem as olheiras, e acima de tudo o fato de ela oferecer chá, ele explicou. Era sempre café, e à noite uma taça de vinho tinto.

A mulher começou a explicar o que queria com uma calma quase didática: Nico deduziu que era professora, não só por sua exposição dos fatos, mas também porque, apesar de torcer as mãos e de ter tentado não chorar, havia olhado com reprovação para o seu cabelo pintado e se detido por um segundo, confusa, diante do esmalte preto com o qual Nico pintava as unhas.

Sua filha tinha começado a ter alucinações, explicou. Não fazia muito tempo. A garota havia contado que via coisas desde sempre, mas ela não tinha acreditado. Sempre havia sido uma garota normal. Tímida, mas normal. Não tinha muitas amigas, porém a família havia se mudado muitas vezes nos últimos anos e Marcela, a filha, não tivera tempo de fazer amizades.

Haviam tentado tratamentos psiquiátricos, mas sem resultado. Estava desesperada. A garota se recusava a aceitar que o que via em suas alucinações não era real. Ninguém tinha conseguido convencê-la do contrário. Então seu marido teve a ideia (Nico sabia que isso do marido era mentira: nenhum homem convidaria um estranho para testemunhar o horror que a filha havia se tornado; além do mais, por algum motivo ele não estava presente na conversa) de filmá-la enquanto alucinava e assim comprovar, com a fita, que ela estava sozinha, gritando com as paredes. Tinha que ser em VHS, porque Marcela era desconfiada e não acreditaria neles se usassem formatos mais modernos e sofisticados, diria que tinham manipulado a imagem para enganá-la. Sem problemas, Nico tinha os equipamentos. Quando Nico disse que sim, que faria, a mulher olhou para ele com firmeza e tentou esconder a emoção. Com alguma cerimônia convidou-o a subir as escadas até o quarto da filha.

Nico me confessou que esperava outra coisa. Uma garota amarrada à cama ou drogada, até mesmo um quarto com paredes acolchoadas. Mas Marcela trajava, disse, um pulôver enorme, como o de um homem, cor-de-rosa antigo, e um jeans três números maior. Não dava para saber se ela era gorda ou magra. Tinha a cabeça raspada, a decisão mais sábia após o prolongado e sistemático arrancar de cabelos que começara junto com as alucinações, conforme a mãe havia lhe explicado antes. Na bochecha, uma cicatriz delicada, apenas uma linha prateada. No quarto havia um sutiã abandonado na cama, várias bonecas sentadas uma ao lado da outra sobre uma prateleira de madeira, uma televisão desligada, várias fotos de Marcela em porta-retratos e outras presas com tachinhas à parede: na neve com um gorro de lã azul, recebendo um diploma, em frente ao altar com uma expressão assustada em sua primeira comunhão. Ela não estava alucinando naquele momento. Quando a mãe pediu licença e os deixou sozinhos, Marcela se aproximou dele. Nico me disse que a garota usava um perfume barato e antiquado, que o fez se lembrar do cheiro de tias e mães. Disse-lhe baixinho: "Eu sei o que você veio fazer aqui. Você vai ver que é real. Eu nunca minto." Então ela sorriu e Nico acreditou em tudo. Quando um pouco depois ela se aproximou para lhe dar fogo, Nico recebeu como um golpe o cheiro que o perfume de solteirona tentava esconder. Estava nas mãos, que fediam a fluidos vaginais, a sangue, a sexo, a peixes mortos apodrecendo ao sol.

Ela não alucinou naquele dia, e a mãe perguntou a Nico se ele tinha telefone celular. Obviamente, ele tinha. A mulher havia ligado para um número de celular, e era o que aparecia no anúncio. Estava um tanto sobrecarregada, coitada. Em todo caso, o objetivo da pergunta era saber se podia contar com ele em tempo integral nos dias seguintes. Ele prometeu não pegar nenhum outro trabalho, mas pediu mais grana. Passamos o dia seguinte esperando a ligação juntos em seu conjugado, com o celular em cima da cama, olhando-o fixamente como se estivéssemos esperando o contato de um sequestrador que tivesse em seu poder a pessoa a que mais amávamos. Tentamos reconstituir a história de Marcela com os indícios que tínhamos. Escola católica. Alucinações desde a infância. Alguma coisa entre religião/tabu/sexo, por isso as masturbações compulsivas. A flagelação: eu disse a ele que achava que Marcela vestia sempre camisas ou pulôveres ou camisetas de manga comprida porque assim como havia machucado o rosto devia machucar o corpo. Marcela nos parecia uma pessoa tão intensa; acho que a invejávamos. Era tão diferente dos outros, de todos os que desprezávamos ou daqueles de quem fugíamos, aquelas pessoas sem mistérios, com seus problemas chatos e sua covardia. Voltávamos ao relato da mãe. Sabíamos sem poder confirmar que era filha única. Apostávamos grana que era virgem.

A mãe ligou para Nico às sete da noite. Eu sabia que não podia acompanhá-lo e mal pude suportar o nervosismo daquelas três longas horas em que ele a filmou de todos os ângulos possíveis. Mais tarde a vimos juntos, a cabeça raspada batendo nas paredes enquanto arrancava o pulôver enorme (e havia cicatrizes nos braços, que pareciam um mapa ou uma teia de aranha), até o momento em que, com o rosto virado para baixo, metia os dedos na vagina e na bunda, gritando chega, não. Ficamos em silêncio quando a fita chegou ao fim e listras cinza, brancas e pretas reapareceram na tela. Nico confessou que, por um momento, havia esperado e desejado que aquilo que Marcela via aparecesse na fita. Havia acreditado que tal coisa fosse possível. Ele também gostaria que fosse real ou pelo menos possível.

* * *

Marcela se recusou a acreditar que aparecia sozinha no vídeo. Depois que o viu, disse a mãe, havia sido muito difícil acalmá-la. Dessa vez não ofereceu chá a Nico. Disse apenas que Marcela queria que ele a filmasse outra vez e que ela não havia conseguido negar, mas que já não podia pagá-lo. Nico disse que faria de graça. A mãe não parecia grata o suficiente.

Quando Nico filmou Marcela pela primeira vez, a mãe havia fugido bem no momento em que a filha baixou as calças. Depois da masturbação, Marcela havia subido na cama para dormir, completamente nua. Tinha um corpo bonito apesar das cicatrizes. Nico a havia filmado adormecida e depois tinha cortado essa parte antes de entregar a fita. A barriga afundada, quase sem cicatrizes, os peitos em pé e sem mamilos (mutilados), vibrando, empurrados somente pelas batidas do coração, as coxas macias cobertas de penugem dourada, interrompidas em sua suavidade apenas pelas brutais cicatrizes que pareciam costuras, e a alucinante trama nos braços, que haviam sido submetidos a uma carnificina.

A tomada do corpo nu de Marcela durava mais de meia hora. Nico me disse que sentira vontade de se deitar ao lado dela, mas se segurara. Em vez disso, saiu atordoado do quarto para procurar a mãe. Bateu com timidez na porta do quarto: através da fenda a viu deitada na cama de casal, de bruços. A mãe se levantou e se recompôs para abrir a porta da rua para ele, mas não lhe dirigiu a palavra nem sequer o olhou nos olhos. Nico avisou que traria o vídeo o mais rápido possível, mas nem assim recebeu uma resposta.

Na visita seguinte foi recebido pelo pai. Eu imaginara um homem tímido, um covarde. Mas Nico me disse que, por alguma razão, ele lhe parecera ser um policial ou um militar. Nós dois estávamos enganados. Era um reles fisioterapeuta. Estava mais aberto à conversa do que a esposa. Serviu café e, passando a mão pelos cabelos grisalhos, forneceu mais dados valiosos, ainda que certamente equivocados. Marcela sempre havia tido muita imaginação e ele se sentia culpado por tê-la estimulado. Sempre havia brincado com amigos imaginários. Mas isso nunca tinha sido um problema, até que no ensino médio ela começou a se retrair cada vez mais, e não queria ir às festas, nem dormir na casa das colegas, nem sair para dançar, e muito menos conhecer garotos. Ele lhe disse que era um pai moderno, imaginou que fosse uma fase e deixou passar. Afinal, Marcela sempre havia ido bem na escola. Os maiores problemas tinham começado um ano antes, e ele não conseguia pensar em nenhum gatilho, nenhum acontecimento traumático que explicasse aquilo. Para ele, a crise da filha era um mistério.

Nenhum dos dois, Nico observou, jamais mencionou as mutilações ou a masturbação. Era como se estivessem falando de um problema menor, como se tivessem encontrado um cigarro de maconha na mesa de cabeceira da filha. O novo vídeo também terminava com uma longa tomada do corpo de Marcela, esbelto e destroçado. Assim como no anterior, a câmera não registrava a existência daquele ser que ela afirmava ver quando alucinava.

Não houve um novo vídeo, mas houve, sim, um novo telefonema. A essa altura, Nico já tinha me mostrado de dentro do carro a casa de Marcela, uma fachada simples, garagem, porta lateral e janela grande, com tijolos aparentes e detalhes em madeira. Foi o pai quem ligou: a mãe, Nico acreditava, estava tendo sua própria crise. Disse que a filha não queria outra filmagem, mas queria conversar com ele.

Não disse muita coisa. Pediu que ele se sentasse. Era um dia raro de final de outono, úmido, quase quente. Pela primeira vez Marcela não usava mangas compridas e as cicatrizes estavam à mostra. Não eram feias: eram surpreendentemente simétricas, como se tivesse usado a pele como uma tela, ou como uma madeira entalhada. Seu cabelo estava crescendo, uma pelugem loira que brilhava sob a luz artificial da lâmpada, porque ela nunca levantava as persianas. A televisão continuava desligada e as fotos de infância que Nico havia visto tinham desaparecido.

Marcela falou devagar e sem olhar para ele, tímida mas decidida, como se tivesse que resolver um trâmite urgente e desagradável. Disse que ele era a única pessoa que havia acreditado nela e que era uma pena que não pudesse vê-lo. Ela havia pensado que Nico era o indicado, o eleito, mas tinha se enganado. Disse que ela não queria fazer aquelas coisas consigo mesma, mas que ultimamente não conseguia evitar. E que queria ver os vídeos de seu corpo nu. Nico se sobressaltou ao ouvir aquilo e pensou em pedir que ela não contasse aos pais. Mas ela o tranquilizou: não havia se incomodado com a filmagem. Ela apenas queria se ver.

— Nunca vi meu corpo — explicou. — Tomo banho com os olhos fechados. Troco de roupa com os olhos fechados.

— Mas quando você se machuca...?

— Eu não me machuco. Ele me machuca. Quando eu durmo.

Depois pediu que Nico fosse embora, porque precisava fazer uma coisa. Ele decidiu então que nunca daria o vídeo para ela ver e que nunca mais voltaria àquela casa.

Mal conversamos sobre Marcela novamente. Eu achava que Nico tinha se apaixonado por ela e que era um covarde por não tentar vê-la de novo, mas provavelmente eu teria feito a mesma coisa. Paramos de nos encontrar com tanta frequência: estar juntos era estar com Marcela, e nenhum dos dois tinha vontade de tê-la sempre presente, nua e destroçada. Voltei a ser amiga dos meus ex-amigos, mas nunca contei nada a eles: é preciso manter certas lealdades. Uma vez encontrei Nico em um de nossos já não tão habituais chats, perguntei se ele ainda tinha os vídeos. Ele disse que sim. Perguntou para mim se eu os queria. Falei que não. Ele me garantiu que ia jogá-los fora naquela mesma noite. Não sei se jogou.

Eu nunca perguntei.

10. GAROTOS PERDIDOS

Quando começou a trabalhar no Centro de Gestão e Participação que ficava embaixo da autoestrada no Parque Chacabuco, Mechi pensou que nunca seria capaz de se acostumar ao tremor constante sobre sua cabeça, um estrondo que combinava a passagem dos carros, a vibração das emendas do asfalto e o esforço dos pilares. Parecia palpitar, e ela estava bem embaixo, em um escritório perfeitamente quadrado que dividia com outras duas mulheres, Graciela e María Laura, as duas funcionárias com muito mais experiência, as duas calejadas e encarregadas do atendimento ao público, algo que Mechi não sabia nem queria fazer.

O trabalho de Mechi, silencioso, a isolava: era manter e atualizar o arquivo de crianças perdidas ou desaparecidas, localizado no maior departamento de registros do escritório, que fazia parte do Conselho dos Direitos da Criança e do Adolescente. Nem mesmo ela entendia claramente as redes burocráticas de conselhos e centros e dependências às quais pertencia, e às vezes era confuso determinar para quem estava trabalhando, mas em seus dez anos como funcionária da Prefeitura era a primeira vez que gostava de seu trabalho. Desde que começara nesse cargo — havia quase dois anos — recebera elogios entusiasmados a seu arquivo. Isso apesar de ele ter um valor apenas documental: os expedientes importantes, que mobilizavam policiais e investigadores atrás de pistas dos garotos, estavam nas delegacias e nas promotorias. O seu era mais inútil, como uma memória. Mas estava ao alcance de todos: às vezes os familiares vinham revê-lo para checar se alguma ponta solta os permitia montar o quebra-cabeça do paradeiro. Ou voltavam para acrescentar novas suspeitas, novos dados. Entre os mais desesperados estavam aqueles chamados no jargão do escritório de "vítimas de sequestro parental". Pais ou mães cujo parceiro havia fugido com o bebê em comum. Geralmente eram mães. E os homens vinham com muita frequência, angustiados: para eles o tempo era crucial, porque os bebês mudam muito rápido. Assim que surgiam os primeiros traços de personalidade, o crescimento do cabelo, a definição da cor dos olhos, aquele bebê da foto congelada usada no cartaz de "Procura-se" desaparecia mais uma vez. Desde que Mechi estava encarregada do arquivo, nenhuma criança sequestrada por pai ou mãe havia sido encontrada.

Felizmente, ela não precisava ver os rostos dos familiares dos desaparecidos. Quando iam ao escritório, se quisessem ver a pasta, Graciela ou María Laura pediam a Mechi, e elas lhe entregavam aos parentes. Era o mesmo processo quando vinham acrescentar alguma informação: deixavam com qualquer uma das duas mulheres, que depois a passavam a Mechi, e ela voltava a confeccionar sua pasta, ou melhor, suas pastas, uma digital e outra em papel. Às vezes, principalmente quando Graciela e María Laura se enredavam em suas longas conversas pessoais ou saíam para almoçar e se atrasavam, Mechi abria as pastas e fantasiava sobre as crianças. Inclusive guardava, num arquivo à parte, os casos resolvidos, os dos garotos que haviam aparecido. Quase sempre eram adolescentes: as garotas avisavam que iam sair para dançar e não voltavam. Jessica, por exemplo. Morava na esquina da Piedrabuena com Chilavert, em Villa Lugano. A casa, de acordo com as fotos, era baixa e com uma fachada branca suja. Não entregava o que se passava lá dentro. Seis crianças, uma mãe solo e o quarto de Jessica, com os tijolos sem reboco, um colchão de espuma sobre uma tábua (tecnicamente, não tinha cama) e seu lado da parede — porque dividia o quarto com dois irmãos — decorado com fotos de Guille, seu herói; fotos de Guille tiradas de revistas, ou pôsteres mais ou menos completos, cobertos de beijos rosados, e "te amo" escrito repetidas vezes com caneta hidrocor vermelha. Jessica sempre se reunia com outras garotas na praça Sudamérica, reformada recentemente, com novos bancos de ferro (para que não fosse confortável ficar sentado por muito tempo ou, pior, deitar-se para dormir) e a presença da guarda municipal. Diziam que era uma garota tranquila, nunca havia sido pega fumando um cigarro. Mas um dia fugiu, e sua família saiu desesperada andando pelo bairro, distribuindo cartazes; deixavam a folha de papel A4 xerocada com a foto de Jessica, sobretudo nas *remiserías*, os tradicionais serviços de transporte particular, porque os motoristas, os *remiseros,* conheciam todo mundo. Jessica apareceu dois meses depois: havia ficado na casa de outra garota depois de uma discussão com a mãe, que lhe dissera, aos gritos, se continuar assim mando você para Comodoro Rivadavia. O pai dela morava lá. Quando Jessica apareceu, Mechi ficou olhando para a foto dela — a franja pintada de vermelho, os olhos delineados de preto, os lábios com *gloss* e brincos em forma de clave de sol — e pensou que deveria dizer à menina — Jessica tinha quatorze anos — que provavelmente Comodoro Rivadavia era muito melhor do que Villa Lugano, que talvez seu pai lhe desse uma cama que não se parecesse com uma esponja. Mas Jessica queria ficar na capital porque assim podia ir sempre que possível aos shows de Guille, e Guille nunca ia à Patagônia.

Como Jessica havia muitas, porque a maioria dos desaparecidos era de garotas adolescentes. Que partiam com um sujeito mais velho, que se assustavam com uma gravidez. Que fugiam de um pai bêbado, de um padrasto que as estuprava, de um irmão que se masturbava em suas costas à noite. Que saíam para dançar e se embebedavam e se perdiam por alguns dias, e depois tinham medo de voltar. Havia também as garotas loucas, que ouviam um clique na cabeça na tarde em que resolviam parar de tomar a medicação. E as que eram levadas, as sequestradas que se perdiam em redes de prostituição e nunca mais apareciam, ou apareciam mortas, ou como assassinas de seus raptores, ou como suicidas na fronteira com o Paraguai, ou esquartejadas em um hotel de Mar del Plata.

Mechi tinha um amigo jornalista, Pedro, que estava se especializando em sequestros de meninas para a prostituição, e fazia investigações que mais tarde publicava como reportagens especiais, muito longas e detalhadas. Ele costumava visitar com frequência o escritório e o arquivo dela, que segundo ele eram uma joia.

— Tonta, isso é ouro em pó. Eu sempre falo de você com a promotora, você precisa conhecê-la, é uma sapatão que fuma charutos, maior voz de caminhoneira, com o cabelo todo mal pintado, você nem imagina! Qualquer dia desses almoçamos juntos, tá?

A proposta nunca se concretizava porque Pedro nunca estava acordado àquela hora e, além disso, viajava pelo menos a cada quinze dias. Estava na rota dos sequestradores de meninas para a prostituição. Com sua ajuda já haviam pegado um dos czares, um missionário radicado em Posadas, com várias saídas liberadas para o Brasil e o Paraguai, que alcançava com seus tentáculos até o sul da Grande Buenos Aires. Quando o levaram a julgamento e os detalhes assustadores foram descobertos e as meninas foram entrevistadas — algumas moravam no coração de Palermo, amontoadas em um conjugado, sem permissão para sair na rua, por isso tinham uma zeladora que levava comida e artigos de primeira necessidade —, Pedro se tornou um astro da televisão e participou de painéis, noticiários e até se sentou em sofás de programas de variedades. Comprou uma dúzia de casacos para o auge da fama, e Mechi pensou em como a fama e a televisão eram fáceis para um homem, bastava aparecer com casacos diferentes para garantir elegância; se tivesse sido ela, teria que comprar doze vestidos diferentes, por exemplo. Pedro foi sincero e generoso nas entrevistas, e citou Mechi várias vezes, porque havia decifrado grande parte do esquema da rede de prostituição cruzando dados, e os dos arquivos do Conselho dos Direitos da Criança e do Adolescente tinham sido fundamentais. Mas Mechi não havia sido chamada para falar sobre seus garotos na tevê, e poucos jornais a entrevistaram. Ela recebeu alguns jornalistas no escritório do Parque Chacabuco, e todos comentaram sobre o barulho da autoestrada que preenchia a sala monotonamente. Mechi disse a eles que depois de um tempo a pessoa se acostuma, mas não era verdade, e eles não acreditaram, dava para ver seus sorrisos falsos. "Pelo menos é perto do parque", diziam, e Mechi tinha que reconhecer que era uma recompensa pelo chacoalhar da autoestrada sobre sua cabeça. Às vezes ela aproveitava a hora do almoço para passear por ele: comia rápido um sanduíche sentada em um banco ou em um bar, se não tivesse levado comida, e depois caminhava pelo parque. Gostava de se sentar perto da estação de metrô, nos bancos de um pequeno roseiral romântico, com suas pérgulas e passeios, que almejava uma decadência elegante, arruinada pelo tráfego constante de carros na autoestrada, e pelos horrorosos pilares em forma de estilingue. Às vezes ela levava algumas pastas para revisar os nomes e as circunstâncias dos garotos, preenchendo mentalmente as lacunas na tentativa de inventar uma história para eles. Achava estranho que quase sempre a foto escolhida pela família, a mesma que costumava ser usada nos cartazes e nos folhetos de busca, fosse péssima. Os garotos pareciam feios; a lente capturava os traços deles tão de perto que os deformava, ou tão de longe que os desfocava. Apareciam com gestos esquisitos, sob iluminação precária; quase nunca eram fotos em que os ausentes estivessem bonitos.

Exceto Vanadis. Ela, com seu nome tão estranho. Mechi o havia procurado em um dicionário enciclopédico: era uma variante do nome da deusa nórdica Freya, divindade da juventude, do amor, da beleza e senhora dos mortos. Vanadis, desaparecida aos quinze anos, era a única verdadeira beleza de todo o seu arquivo. Havia mais de vinte fotos dela, muito mais do que a média, e em todas era um mistério de cabelos escuros e olhos puxados, as maçãs do rosto altas e os lábios contraídos em um gesto de sedutora imatura. Mechi nunca havia sido obcecada por nenhum dos garotos, mas estava perto disso com Vanadis. Algo na história dela também não se encaixava: havia sido encontrada prostituindo-se no Retiro — isso era raro: não se tratava de uma área com oferta de sexo de rua —, ninguém da sua família quis se responsabilizar por ela quando os assistentes sociais intervieram e a internaram em uma instituição para menores, da qual fugiu. Nunca mais se soube dela. A família não parecia interessada em encontrá-la. Quem às vezes aparecia com informações eram seus amigos da rua. Outros garotos que a idolatravam, feirantes, taxistas que começavam sua jornada de madrugada, jovens que trabalhavam em hamburguerias e podrões que ficavam abertos vinte e quatro horas, jornaleiros, outras prostitutas, algumas travestis. O arquivo de Vanadis era grosso e tornava difícil fechar a pasta. Tanto que, certa tarde, na hora do almoço, Mechi deixou cair uma das fotos perto da estação Emilio Mitre. Quando correu para buscá-la, porque ventava e ela teve medo de que voasse, viu por um momento aquele rosto sobre a calçada e pensou que nada de ruim deveria ter acontecido com Vanadis, a garota que se parecia com Bianca Jagger mas que havia nascido em Dock Sud, porque nunca acontecia nada de ruim com as deusas, mesmo que fossem tão tristes e de rua.

Um ano havia se passado desde o caso do missionário que comandava o tráfico e a exploração de menores para a prostituição e, a não ser por alguns sucessos individuais, as aparições de algumas garotas (a maioria eram crianças, Mechi ficava horrorizada, tantas crianças), o escritório seguia seu ritmo habitual, angustiado mas rotineiro. Pedro retornara a seus mapas marcados com as rotas das garotas sequestradas; costumava seguir seus rastros graças a mensagens que elas mesmas deixavam em banheiros de postos de gasolina e hotéis: "Aqui é Daiana, mamãe, estou viva, sequestrada, te amo, socorro." A cada quinze ou vinte dias ele visitava Mechi e seu arquivo. Aos poucos, tornaram-se amigos. Pedro gritava o tempo inteiro, ainda mais depois de algumas cervejas. Mechi sentia vergonha e um pouco de nojo ao ver os perdigotos serem disparados da boca de Pedro a cada gargalhada. Mas às vezes ele também a fazia rir. E ela gostava de tomar uma cerveja com ele na grama do parque, como se fossem dois adolescentes, enquanto discutiam a razão daquelas fotos tão feias, ou a quantidade de *remiseros* que fugiam com menores de idade, ou se os garotos sequestrados saíam do país pelo Paraguai, como sustentava a Defensoria, ou pelo Brasil, como suspeitavam os investigadores de organizações não governamentais e os jornalistas.

As coisas continuaram na mesma até que um dia Pedro apareceu com um dado, segundo ele, fantástico. Uma de suas "fontes" — jamais explicava em detalhes a Mechi quem eram seus informantes — estava vendendo o vídeo de uma menina menor de idade que tinha sido declarada desaparecida. Havia sido filmada com um telefone celular: a garota estava enrolada em uma coberta, ou enfiada em um saco de dormir, ou algo parecido, e se deduzia que ninguém deveria vê-la. Estava morta, e o que acontecia nesse vídeo de celular era que, por causa de um movimento em falso, enquanto ela era carregada por uma porta para ser colocada em uma caminhonete, a cobertura caía e o rosto da garota ficava descoberto e perfeitamente visível. Pedro ia pagar pelo vídeo, e pedia a Mechi se podia ver seu arquivo depois, para localizar a garota da filmagem, se é que ela estava lá. Mechi ouviu na voz de Pedro o mesmo entusiasmo que o deixara eufórico quando investigava o caso do missionário. Ela disse que sim, que depois de ver o vídeo — ela não queria vê-lo de forma alguma, embora Pedro lhe oferecesse uma cópia — ele fosse ao escritório para verificar o arquivo. Pedro ligou no fim de uma segunda-feira e chegou agitado, cheirando a metrô e com gotas de suor na testa, como se fosse alto verão e não agosto em Buenos Aires.

— O que você está fazendo, Mechita do meu coração? O vídeo é perturbador. A imagem está uma merda, toda pixelada, e não me serve para porra nenhuma, porque não dá pra ver a placa da caminhonete onde colocam a guria, todos os caras estão com o rosto coberto com balaclavas, a casa pode ser qualquer uma e a rua revela uma Grande Buenos Aires toda errada, pode ser qualquer lugar. Mas dá pra ver a guria perfeitamente. Eles a reviram como se quisessem mostrá-la; não sei se o sujeito do celular a filmou de propósito, porque não tem som, mas eles a movem de um lado para o outro, o cobertor cai e aparece todo o rosto. Então, há uma espécie de *close*, que doentes filhos da puta, e um braço dela cai, bem frouxo, assim, cruzando o peito.

— Está morta?

— Ela não parece bem, mas não está dura, nem tem o rosto machucado. Poderia estar drogada, bêbada, adormecida. Acho que comprei gato por lebre. Mas, sim, também poderia estar morta. O vídeo dura trinta segundos, o rosto dela aparece por uns dez, não dá pra saber. Uma menina divina, isso, sim. Divina.

Mechi sentiu que ela agora também transpirava, e que seu estômago embrulhava e suas bochechas ardiam como quando se dava conta de que, distraída, atravessava uma avenida com o sinal vermelho porque estava com fones de ouvido e não prestava atenção. Procurou o arquivo de Vanadis, abriu-o e perguntou a Pedro se era ela. É ela, respondeu Pedro sem hesitar, e mergulhou na pasta, uma das mais espessas. Ele não sabia se levava o vídeo para a promotora imediatamente ou se continuava a investigar, explicou. Havia tanto material. Assim, sozinho, o vídeo não provava quase nada, mas com mais dados — que ele pretendia extrair de seu informante — poderia escrever uma matéria melhor e oferecer à promotora algo mais concreto. Os dados da pasta, além disso, eram uma mina de ouro. Mechi ouviu-o justificar-se sem dizer nada. Ela achava errado Pedro não entregar o vídeo à Justiça imediatamente, era a coisa certa a se fazer. Mas não podia bancar a certinha: ela realmente queria, estava morta de vontade de ver aquele vídeo de celular, e essa curiosidade mórbida não era exatamente um exemplo de ética. Não pediu uma cópia a Pedro. Conseguiu se conter.

De qualquer forma, não houve tempo para tomar decisões: Vanadis apareceu na manhã seguinte, sentada nos degraus da fonte principal do Parque Chacabuco, que não estava ligada naquela tarde, perto de outro complexo de piscinas de natação, semelhante à piscina municipal que ficava a uns duzentos metros de distância. Mechi a viu em sua caminhada habitual na hora do almoço. Primeiro olhou bem para a garota de botas pretas de cano médio, a saia jeans, os cabelos escuros e pesados; pensou que era pura autossugestão. Deu voltas ao redor dela, em círculos amplos, até que foi estreitando o cerco e parou na sua frente.

— Vanadis?

— Sim, olá, tudo bem? — respondeu a garota, que claramente não estava morta, e sorria sob o sol, um sorriso que mostrava dentes tortos e amarelos, a única perturbação em sua beleza.

Mechi pediu que a acompanhasse, e a garota concordou. Nesse primeiro encontro, não conseguiu interrogá-la, apenas se certificou de que ela a seguisse até o escritório, onde foram recebidas pelos uivos de alegria e estranhamento de Graciela e María Laura, que deram a Vanadis um cappuccino de máquina, e elas, sim, a enlouqueceram com perguntas, que a garota respondia, sobretudo, com inclinações de cabeça e muitos não me lembro. "Ela está em choque", disse Graciela enquanto discava o número da Promotoria e depois o da mãe de Vanadis. Em vinte minutos o escritório estava superlotado, e ainda por cima com os familiares de Vanadis desmaiando, chorando e gritando, em um reencontro de celebração insana. Um tanto estranho, pensou Mechi, porque durante todo o ano que Vanadis passou desaparecida nem sequer telefonaram. Insinuou isso a Graciela, que olhou para ela com uma cara de "Como você é insensível e sem coração". Disse, didática: "As pessoas reagem ao trauma e à perda de maneiras diferentes. Há famílias que ficam obcecadas e procuram sem parar; outras fingem que nada aconteceu. Isso não significa que não amem seus filhos." Graciela, com seu estilo de psicóloga social em permanente indignação e suas explicações simples porém arrogantes. Mechi ficou feliz, mais uma vez, por trabalhar afastada delas, e mais ainda por não ser um dos pobres familiares que precisavam se sentar em seu escritório e ouvi-la.

Com o tumulto, ela se esqueceu de ligar para Pedro. Fez isso assim que Vanadis e a família foram embora de carro até Tribunales para acrescentar o que era necessário ao caso.

— Você não sabe o que aconteceu.

— Rá! *Você* não sabe o que aconteceu aqui.

— Aqui onde?

— Estou no parque Rivadavia, em Caballito. Uma mulher reconheceu um moleque desaparecido, estava vendo filmes em uma das barracas. Um tal de Juan Miguel González, de treze anos...

— Pedro, espera...
— Não, deixa eu terminar, que isso é uma loucura! Não acredito que você não ficou sabendo.
— É que aqui também estamos com...
— Espera! A mulher se aproxima do moleque, conhecia-o de antes, diz a ele, Juan Miguel, é você?, e o molequinho diz que sim. Então a mulher liga do celular para a família, dali mesmo, do parque, e a mãe do moleque começa a gritar, dizendo que seu filho já apareceu, *mas apareceu morto*, há três meses! Você se lembra desse caso?
— Por alto, um garoto que se jogou debaixo do trem...
— Esse mesmo! Mas, queridona, escuta só: a mãe não quis vir ver esse moleque que apareceu no parque, porque teve uma crise de nervos. O pai, sim, mais duro, veio. Enquanto isso o moleque estava na delegacia, e de lá me ligou um cana que é fonte minha. O pai chega e diz que é seu filho! Eu estou com a cabeça a mil e não vou mentir pra você, estou me cagando de medo, de verdade, esse molequinho estava morto, o trem arrancou suas pernas, mas o rosto estava ótimo, é o mesmo molequinho.
— Pedro...
— Além do vídeo que encontrei ontem, isso é uma loucura!
— Pedro, Vanadis apareceu aqui, no Parque Chacabuco.
— O quê?
— Vanadis, a do vídeo...
— Eu sei qual Vanadis, tonta, ainda mais com esse nome esquisito da porra! Como apareceu?
— Eu a encontrei, em uma escada do parque, uma daquelas próximas à fonte.
— Você está de sacanagem comigo.
— Que estou de sacanagem com você o quê, seu tonto.
— E onde ela está agora?
— Foram a Tribunales, está com a família.

— E é ela?
— É. Está esquisita, mas é ela.
— Não pode ser, tonta, não pode ser. Espera um pouco que estão me ligando, falo com você num minuto, vai ficar aí?

Nas semanas seguintes, atingiu-se a histeria, e foi-se um pouco mais além. Os garotos desaparecidos de suas casas começaram a aparecer, mas não em qualquer lugar: apareciam nos quatro parques da cidade, o Chacabuco, o Avellaneda, o Sarmiento e o Rivadavia. Eles ficavam lá, dormiam um ao lado do outro à noite e não pareciam ter intenção de ir a lugar algum. Os familiares enlouquecidos vinham buscá-los sem pensar muito na estranheza do caso, no fato perturbador de que todos os garotos voltaram ao mesmo tempo. Nenhum deles falava muito nem parecia querer dizer onde havia estado. Tampouco pareciam reconhecer as famílias, apesar de partirem com quem os vinha buscar com uma mansidão ainda mais perturbadora.

Ninguém sabia o que dizer também. Como os garotos não falavam, não era possível afirmar que uma organização criminosa havia libertado todos juntos, por exemplo. Não existiam indícios disso. Muitas outras hipóteses circulavam, mas poucos investigadores, funcionários e jornalistas tinham a honestidade de Mechi ou Pedro; eles sinceramente não faziam ideia do que estava acontecendo, não podiam explicar aquilo; só sabiam que lhes dava muito medo.

Depois da confusão eufórica da primeira semana, o *frisson* foi decantando. O caso de Victoria Caride, por exemplo. Uma estudante de economia, uma das poucas desaparecidas de classe média alta, que teria sido sequestrada por traficantes de pessoas, que teria tido um surto quando parou de tomar remédios, que teria fugido com um homem casado. O caso de Victoria era um mistério, uma garota que saiu para comprar biscoitos e nunca mais voltou; uma garota bem-nascida, com amigos, dinheiro e dilemas normais. Já estava desaparecida havia cinco anos, e a esperança estava quase perdida.

Mas tinha aparecido no Parque Avellaneda, perto da estação do trenzinho antigo que dava voltas no edifício, sentada em um banco olhando para a mansão que fora sede de uma chácara histórica. Sua família se entusiasmou e, assim que a viram na televisão — havia uma estação móvel de TV em cada parque, dia e noite —, foram buscá-la e levaram-na apertando-a em um abraço de lágrimas e coriza.

Nem eles nem ninguém, na época, ousaram dizer que Victoria não havia mudado nada fisicamente naqueles cinco anos de ausência e que usava a mesma roupa do dia do desaparecimento, inclusive a mesma presilha prendia seu pesado cabelo castanho em um rabo de cavalo. O segundo caso foi ainda mais complicado de explicar: Lorena López, uma garota de Villa Soldati que havia fugido de casa com um motorista de *remís*, de quem estava grávida de cinco meses, apareceu no Rosedal do Parque Chacabuco, grávida de cinco meses. Ela estava desaparecida havia um ano e meio. Os ginecologistas confirmaram que aquela era sua primeira gestação. E então? Não estaria grávida quando fugiu, teria sido um engano, talvez a garota tivesse mentido — o motorista não apareceu para confirmar ou negar nada, e fazia bem, porque iria direto para a cadeia por dormir com uma menor de idade —, ou os médicos estavam errados, como eles podiam ter tanta certeza. Lorena voltou para Soldati, mas quinze dias depois seus pais a "devolveram" ao Juizado de Menores que lhe correspondia. Pedro tinha visto a entrega. A mãe — contou ele a Mechi — tinha dito à juíza: "Eu não sei quem ela é, mas não é minha filha. Me enganei. Parece muito com ela, mas não é minha filha. Eu pari Lorena. Reconheceria ela de olhos fechados, apenas pelo cheiro. E esta não é minha filha." A juíza ordenou um teste de DNA, e estavam esperando os resultados quando apareceu embaixo do monumento a Bolívar no Parque Rivadavia, conversando com outros garotos, um dos fugitivos mais famosos, o Pivete ou Superpivete, cujo nome verdadeiro era Jonathan Ledesma. Pivete era um fugitivo crônico e um ladrãozinho incipiente: aos doze anos, havia fugido de casa duas vezes — em Pompeya — e conseguira burlar a segurança de duas instituições para menores. As pessoas o viam por toda parte, porque Pivete andava pela rua e roubava nos semáforos da 9 de Julio, mas ninguém havia conseguido localizá-lo a tempo suficiente de ser restituído. Além disso, passavam-se longas temporadas sem que se soubesse seu paradeiro.

No entanto, o caso de Pivete estava encerrado. Fazia um ano que um trem passara por cima dele em Constitución. Havia caído nos trilhos tonto de tanto bater carteiras. O vagão cortou suas duas pernas, e não foi possível salvá-lo. O rosto permaneceu intacto. E era o mesmo das fotos e também o mesmo deste Pivete que estava no Parque Rivadavia, só que não era possível que Pivete estivesse lá com os outros aparecidos, porque Pivete estava morto.

Até Pivete, Mechi havia aguentado continuar trabalhando no escritório debaixo da autoestrada, aguentado fazer parte do Conselho dos Direitos da Criança e do Adolescente. Mas quando Pivete apareceu com pernas e depois outro garoto que desapareceu aos oito anos apareceu com oito anos quando deveria ter pelo menos doze, Mechi se deu conta de que não aguentava mais, nem os pais que primeiro se alegravam e depois entravam em pânico, nem as notícias sobre internações psiquiátricas, nem os olhares dos garotos no parque, sentados nos aterros, nas escadas, nos brinquedos de criança, brincando com os gatos e até tentando entrar na piscina. Ela organizava arquivos, ela não conseguia explicar aquele regresso sobrenatural, ela queria voltar no tempo.

Reuniu-se com Pedro em sua casa, e ele lhe contou mais loucuras, mais absurdos, enquanto se embebedava com firmeza, com esperança na anestesia e no esquecimento.

— Mechi, queridona, que porra é essa? Eu juro que tinha as pistas dos traficantes, dos cafetões, e de repente as pirralhas aparecem aqui, como se nada tivesse acontecido, e tudo desmorona. Destruíram meu trabalho de anos. Como se não tivesse sido real. Mas eu juro que minha investigação é real, puta que pariu, não é mais minha! Veja até onde a promotora tinha chegado!

— Ela renunciou?

— Está em vias de.

— E o vídeo de Vanadis?

— Aquela menina satânica. Vou vendê-lo para um programa de tevê. Eles me dão a grana e te juro que vou morar em Montevidéu, no Brasil, já deu, já deu. Vem comigo, Mechi, isso é coisa do demo, como dizia minha avó.

— Outro dia li uma coisa que me pareceu... não sei, é uma bobagem.

— Conta.

— Não lembro muito bem, mas é algo assim: os japoneses acreditam que, depois de morrer, as almas vão para um lugar que tem, digamos, uma cota limitada. E que, quando esse limite for atingido, quando não restar mais lugar para as almas, elas começarão a voltar para este mundo. Esse retorno é o anúncio do fim do mundo, na verdade.

Pedro ficou calado. Pensou na foto de Pivete sem pernas, sobre os trilhos, que havia visto no tribunal.

— Que conceito mais imobiliário esses japoneses têm do além.

— Muitas pessoas em um país pequeno.

— Mas sim, Mechi, pode ser. Pode ser que estejam voltando. Pode ser qualquer coisa, eu não sei mais no que acreditar.

Naquela mesma noite Mechi decidiu largar o trabalho e voltar para a casa dos pais por um tempo, até que alguma coisa — sabe-se lá o quê — mudasse. Pedro pediu a seu chefe no jornal que o transferisse para o caderno de Turismo, assim podia viajar e mandar à merda a cidade visitada pelos aparecidos. O chefe disse sim imediatamente. Pedro contou a Mechi que teve a sensação de que o chefe não o queria por perto, que sentia medo dele.

Os garotos começaram a desocupar os parques. Saíam em procissões, no meio da noite, no nevoeiro: o êxodo ocorreu no inverno. Tão silenciosamente quanto chegaram, eles se retiraram. Andavam no meio da rua, como se não tivessem medo dos carros. E se enfiavam em casas desabitadas.

O problema era que, por um cálculo simples, as casas que ocupavam eram pequenas demais. Mesmo quando eram grandes. Trezentos garotos na casa da palmeira na rua Rosario, em frente ao Rivadavia. Outros trezentos na esquina da passagem Igualdad, na comuna de Cafferata, no Parque Chacabuco, uma casa pintada de rosa que desbotava devido ao abandono. Tinha uma janela solitária muito perto do telhado de duas águas, que os garotos deixaram aberta quando entraram. A comuna, pequena e nova-rica, estava aterrorizada, mas os policiais, em suas cabines de segurança instaladas nas esquinas, não sabiam o que fazer e, uma vez que os garotos estavam lá dentro, não ousaram tentar tirá-los de lá.

Não fizeram isso nem com uma ordem judicial.

É que a porta e as janelas da casa cor-de-rosa — exceto a do meio — estavam tapadas com tijolos e os garotos haviam entrado assim mesmo. Ninguém conseguia explicar como. Eles os haviam visto entrar, mas garantiam que não tinham atravessado os tijolos, não era exatamente isso. Simplesmente haviam passado, como num abre-te sésamo.

A líder do grupo de Cafferata era Vanadis, que tinha sido rejeitada pela família depois de duas semanas com o mesmo argumento que todas as famílias costumavam dar quando devolviam os garotos à rua ou a qualquer outro lugar: esta não é a garota que nós conhecíamos, esta não é a nossa menininha. Não sabemos quem é. Tem a mesma aparência, a mesma voz, atende pelo mesmo nome, é igual até o último detalhe, mas não é a nossa filha. Façam com ela o que quiserem. Não queremos mais vê-la.

Dois pais haviam se suicidado em El Palomar depois de jogar a filha na rua. Os vizinhos diziam que, enquanto a garota esteve lá, eles ouviram os gemidos da mulher a noite inteira, sem parar.

Mechi leu no jornal sobre Vanadis e a casa cor-de-rosa, e sentiu uma vertigem que fez suas mãos suarem. Queria vê-la, queria perguntar-lhe coisas, como foi idiota por não ter feito isso quando a encontrou nas escadas da fonte. Sentia muito medo dela: tinha certeza de que a verdadeira Vanadis era a do vídeo, uma adolescente assassinada por homens barrigudos em um hotel imundo da periferia, usada e exterminada, uma adolescente que se achava muito conhecedora das ruas e se arriscava demais confiando na imunidade que sua beleza poderia lhe oferecer. Aquela da casa cor-de-rosa não era Vanadis, tinha certeza, mas queria vê-la.

O perímetro da Cafferata estava guardado pela polícia. Mechi podia imaginar aquelas famílias abastadas que ela havia conhecido em seus anos de trabalho lá, deviam estar completamente piradas, porque não eram capazes de compreender nenhuma interrupção em suas vidas confortáveis. No entanto, eles a deixaram passar. Os policiais estavam pálidos e trêmulos. Sairiam correndo ao menor sinal estranho dos garotos da casa, Mechi tinha certeza. Enviariam o Exército?

Matariam todos, como ela havia visto uma mãe pedir na televisão, uma mãe que dizia que eram como cascas, que esses garotos não tinham nada dentro?

Talvez. Mas ainda não.

Mechi parou na calçada em frente à casa cor-de-rosa, ao lado da pequena janela aberta. Fazia sol, era um dia gelado de inverno, mas de céu limpo. Com as mãos em concha, gritou o nome de Vanadis. Ouviu vagamente persianas e portas agitadas nas outras casas, ouviu até o policial se aproximar, mas não lhe deu atenção, cravou o olhar na janela branca, esperando.

Vanadis colocou a cabeça para fora, aquela cabeça de deusa do Caribe, Bianca Jagger adolescente, e a cumprimentou com um gesto quase imperceptível. Havia reconhecimento em seus olhos escuros.

— Oi, Vanadis, o que vocês estão fazendo aí, por que se meteram aí?

Vanadis não respondeu. Mechi perguntou quantos eram, Vanadis disse que muitos, que não dava para saber ao certo, que estava escuro. Perguntou a ela de onde vinham, Vanadis disse que de muitos lugares diferentes. Perguntou se queria voltar para seus pais, e Vanadis disse que não, e acrescentou que nenhum deles queria. E então disse, mais alto e claro, como se finalmente respondesse à primeira pergunta:

— Aqui em cima vivemos todos.

E começaram a aparecer ao redor dela outros garotos, o rosto deles formando um círculo em volta do de Vanadis. Mechi reconheceu a maioria, adolescentes e crianças, fugidos e raptados, vivos e mortos.

— Vocês vão ficar muito tempo aí em cima?

Todos juntos, os garotos responderam:

— No verão vamos descer.

Mechi sentiu então que não eram garotos, que formavam um organismo, um ser completo que se movia em manada. As mãos do policial da esquina seguraram-na pelos ombros e Mechi gritou.

— Senhorita, por favor, retire-se.

— Eu já vou, me solta, me solta, merda! — gritou Mechi, e correu para Asamblea pensando que no verão ela iria para longe, talvez com Pedro, para um lugar onde os garotos não voltassem de aonde quer que tivessem ido.

11. OS PERIGOS DE FUMAR NA CAMA

Era uma mariposa ou uma traça? Nunca foi capaz de distingui-las. Mas uma coisa era certa: as mariposas viravam pó entre os dedos, ao menor toque, como se não tivessem órgãos ou sangue, quase como as cinzas do cigarro paradas no cinzeiro. Não dava nojo matá-las e podiam ser deixadas no chão, porque depois de alguns dias elas se desintegravam. Outra coisa: não era verdade que se queimavam automaticamente quando se aproximavam do calor. Alguém lhe dissera que era assim, que pegavam fogo tão logo tocavam a luz quente, mas ela as tinha visto bater repetidamente contra a lâmpada, como se sentissem prazer com o impacto, e saírem ilesas. Às vezes, elas ficavam entediadas e saíam voando pela janela. Outras, é verdade, morriam dentro da luminária de chão: cansavam-se ou talvez se dessem por vencidas ou chegava a sua hora; como do lado de fora, queimavam aos poucos, tremulando ao baterem na cúpula até que paravam. Às vezes ela se levantava no meio da noite para esvaziar a cúpula da luminária cheia de mariposas-traças mortas, quando o cheiro de queimado fazia seu nariz arder e não a deixava dormir. Raramente se lembrava de apagar a luz antes de ir para a cama.

Mas numa noite de início de primavera ela foi despertada por um cheiro de queimado diferente. Enrolada na manta de viagem cinza que usava quando fazia um pouco de frio, conferiu a cozinha para ver se havia deixado alguma coisa sobre uma boca acesa do fogão. Não vinha de lá. Também não eram as traças, havia desligado a luminária naquela noite. O cheiro tampouco vinha do corredor do prédio. Levantou a persiana. Do lado de fora havia fumaça e chovia. Algo pegava fogo sob a chuva, e ouvia-se a sirene dos bombeiros e o barulho de alguns vizinhos na rua, acordados de madrugada, certamente com capas de chuva sobre o pijama. Ouviu um deles, um homem com voz rascante, dizer "pobre mulher". O fogo estava longe, e Paula voltou para a cama. Depois soube pelo sempre bem informado porteiro que havia ocorrido um incêndio no quinto andar de um prédio que ficava logo depois da esquina. Havia uma morta, uma mulher paralítica, prostrada, que adormecera na cama com o cigarro aceso entre os dedos. A filha, que cuidava dela — e que também era bastante velha, com uns sessenta anos —, havia se dado conta tarde demais, quando foi acordada pela fumaça, a tosse, a asfixia, e não conseguiu salvá-la. "Pobre mulher, é um vício maldito", disse o porteiro, acrescentando que a mulher fumava muito e não saía nunca. Paula teve vontade de dizer "e como você sabe que a senhora fumava muito se acabou de dizer que ela não saía nunca, quando você a via fumar então, hein?", mas calou a boca porque era impossível discutir com o porteiro e porque estava começando a imaginar que a senhora do quinto andar devia ter visto as chamas subirem por seus pés e, como não sentia nada nas pernas, devia ter deixado a manta pegar fogo. E provavelmente teria pensado por que não deixar o fogo continuar e fazer seu trabalho, deve ser doloroso, mas quanto tempo levaria até que uma mulher como ela, velha e com os pulmões exaustos, desmaiasse? Que alívio seria para a filha também.

    O porteiro trouxe-a de volta ao patamar da escada do prédio e a arrancou daquele mundo vagamente reconfortante de idosas queimadas para avisá-la que durante a semana um rapaz viria de-

detizar os apartamentos. Paula lhe disse que bom, e então pensou que se escutasse a campainha abriria a porta para o dedetizador. Embora não houvesse tantos insetos assim em seu apartamento, com exceção das mariposas-traças, e ela tivesse certeza de que o veneno não as mataria, porque não viviam lá, vinham da rua. Em sua casa nada vivia, nem as plantas, que haviam morrido ordenadamente nos últimos meses uma após a outra, sem se sobrepor. No apartamento apenas ela vivia.

    Despediu-se do porteiro e foi direto para a cama. Os lençóis estavam impregnados com o cheiro de frango à milanesa. Havia feito dois filés no forno na noite anterior. E tinha sido muito difícil tirá-los do congelador, o pacote de plástico estava grudado ao gelo. Ela teve que usar água muito quente, quase fervendo, e queimou as pernas nuas com algumas gotas. Acabou sendo um método inútil, e tentou desgrudá-los com uma faca de carne e riu de si mesma entre lágrimas de autocompaixão, pensando que devia parecer uma assassina em série esfaqueando a geladeira, o braço erguido e a faca afundando como um picador de gelo. Finalmente arrancou os filés com as mãos já dormentes de frio e os colocou no forno. Eles queimaram um pouco, mas também não estavam muito comestíveis, porque tinham outros sabores imundos agregados: o forno vazava gás e ela nunca o tinha limpado naqueles três anos em que alugava o apartamento. Portanto, não havia conseguido comê-los, e agora estava com fome e o apartamento fedia e o cheiro não a deixava dormir e ela o detestava, tanto que precisou chorar, e chorou pelo cheiro, porque os incensos que acendeu para fazê-lo desaparecer eram ainda mais fedorentos, porque nunca se lembrava de comprar aromatizadores de ambientes — que também tinham um cheiro nojento —, porque o cheiro do cigarro também devia feder mas ela não percebia de tanto que fumava, e porque ela nunca havia sido capaz de ter uma daquelas casas limpas e brilhantes que cheiram a sol, limões e madeira.

Fez uma barraca na cama, erguendo a manta com os joelhos, e se cobriu até a cabeça. Ali debaixo a única luz era a da brasa do cigarro que tremulava e parecia reavivar-se quando a fumaça a tocava. Os lençóis estavam muito manchados de cinzas. Paula abriu as pernas e com o dedo indicador da mão livre começou a acariciar o clitóris, primeiro em círculos, depois com uma massagem vertical, então com movimentos delicados e, finalmente, de um lado para o outro. Já não adiantava nada, antes sentia imediatamente aquele começo de arrepio e o calor do sangue que era convocado e então o dedo sentia a pele da vulva um pouco mais áspera, granulada, e com o grande tremor final chegava a umidade, ela realmente sentia que se urinava, tudo isso antes. Agora fazia tanto tempo que nada acontecia, e esfregou-se até à irritação e à dor, mas parou antes do sangue, porque sabia que ele, o sangue, era a única umidade que conseguia arrancar de si mesma ultimamente.

Enfiou a luminária da mesa de cabeceira debaixo dos lençóis. Tinha a parte interna das coxas salpicada de pequenas manchas vermelhas superficiais, que pareciam uma erupção cutânea provocada pelo calor ou por uma alergia, mas que se chamava ceratose, que ela tinha também nos braços, nos quadris e um pouco nas costelas. A dermatologista lhe dissera que com muito tratamento ela poderia melhorar, que não tinha nada a ver com doenças terríveis como psoríase ou eczema, mas para ela aquilo parecia terrível o bastante, assim como seus dentes amarelos e o sangue que saía todas as manhãs de suas gengivas quando usava a pasta de dentes, não um sangramento momentâneo, verdadeiros jatos que caíam na pia branca, chamava-se piorreia, embora os dentistas agora usassem um nome mais elegante que ela não conseguia lembrar, preferia a verdade, preferia a piorreia. Seu corpo estava falhando de muitas outras maneiras nas quais ela não queria nem pensar. Quem a desejaria assim, com caspa, depressão, espinhas nas costas, celulite, hemorroidas e seca seca?

Acendeu outro cigarro debaixo do lençol e perseguiu com a fumaça uma mariposa que havia entrado na barraca-abrigo, até matá-la. Então era possível sufocá-las com fumaça? Que animal mais frágil e estúpido. Deixou-a convulsionar entre suas pernas e viu as patinhas da mariposa-traça que pareciam vermes-minhocas minúsculos; pela primeira vez sentiu nojo e chutou-a para o chão, para fora de sua cama. Fez anéis de fumaça dentro da barraca e ficou entediada. Então decidiu apoiar a brasa sobre o lençol para ver como o círculo de bordas alaranjadas aumentava até parecer perigoso, até o fogo crepitar e se acelerar. Depois apagou o fogo no lençol a socos, e os restos do tecido queimado flutuaram na barraca. Os pequenos incêndios circulares a fizeram rir. Se pusesse a cabeça para fora da barraca e espiasse a escuridão do seu quarto, os buracos queimados no lençol deixavam passar a luz da lâmpada e os raios se refletiam no teto, que parecia coberto de estrelas.

Precisava fazer mais buracos porque, soube assim que viu, a única coisa que ela queria era um céu estrelado sobre sua cabeça. Era tudo o que ela queria.

12. QUANDO FALÁVAMOS COM OS MORTOS

Nessa idade a música toca na cabeça o tempo inteiro, como se uma rádio estivesse transmitindo na nuca, embaixo do crânio. Essa música um dia começa a diminuir de volume ou simplesmente para. Quando isso acontece, você deixa de ser adolescente. Mas não foi o caso — longe disso — da época em que falávamos com os mortos. Naquele tempo a música estava no talo e soava como Slayer, *Reign in Blood*.

Começamos a brincadeira do copo na casa da Polaca, trancadas em seu quarto. Tinha de ser escondido, porque Mara, a irmã da Polaca, tinha medo de fantasmas e espíritos, tinha medo de tudo, bah, era uma pirralha estúpida. E tinha que ser durante o dia, por causa da irmã em questão e porque a Polaca tinha parentes de mais, todos dormiam cedo, e nenhum deles gostava da brincadeira do copo porque eram ultracatólicos, de ir à missa e rezar o rosário. A única pessoa legal daquela família era a Polaca, e ela tinha conseguido um tabuleiro ouija incrível, que vinha como brinde especial com alguns suplementos sobre magia, bruxaria e fatos inexplicáveis chamados *O mundo do oculto*, que eram vendidos em bancas de jornais e que podiam ser encadernados. O tabuleiro já tinha sido enviado várias vezes com os fascículos, mas sempre esgotava antes que qualquer uma de nós pudesse juntar dinheiro para comprá-lo. Até que a

Polaca resolveu levar a coisa a sério, economizou, e lá estávamos nós com nosso lindo tabuleiro, que tinha os números e as letras em cinza, fundo vermelho e uns desenhos muito satânicos e místicos em volta do círculo central. Sempre nos reuníamos as cinco: eu, Julita, Pinóquia (nós a chamávamos assim porque era burra feito uma porta de madeira, a mais ignorante da escola, não porque tivesse o nariz grande), Polaca e Nadia. Nós cinco fumávamos, então às vezes o copo parecia flutuar na fumaça enquanto brincávamos, e deixávamos o quarto da Polaca e de sua irmã fedendo. Para piorar, quando começamos a brincadeira do copo era inverno, então não podíamos abrir as janelas porque morríamos de frio.

Assim, trancadas em meio à fumaça e com o copo totalmente louco, Dalila, a mãe da Polaca, nos encontrou e nos expulsou aos pontapés. Eu consegui recuperar o tabuleiro — e o guardei desde então — e Julita impediu que o copo fosse quebrado, o que teria sido um desastre para a pobre Polaca e sua família, porque o morto com quem estávamos falando naquele exato momento parecia ser muito mau, tinha dito inclusive que não era o espírito de um morto, mas um anjo caído. De qualquer forma, àquela altura, já sabíamos que os espíritos eram muito mentirosos e ardilosos, e não nos assustávamos mais com truques vagabundos, como adivinhar datas de aniversário ou sobrenomes de avós. Nós cinco juramos com sangue — espetando o dedo com uma agulha — que nenhuma mexia o copo, e eu confiava nisso. Eu não mexia, nunca mexi, e acredito de verdade que minhas amigas também não. No início, o copo sempre custava a se mover, mas quando pegava impulso parecia que havia um ímã que o unia a nossos dedos, nem precisávamos tocá-lo, nunca o pressionávamos, sequer apoiávamos um pouco o dedo; ele deslizava sobre os desenhos místicos e as letras tão rápido que às vezes nem tínhamos tempo de anotar as respostas às perguntas (uma de nós sempre tomava nota) no caderno especial que tínhamos para isso.

Quando a louca da mãe da Polaca nos descobriu (e nos acusou de sermos satânicas e putas, e falou com nossos pais: foi o maior azar), tivemos que parar a brincadeira por um tempo, porque estava difícil encontrar outro lugar para continuar. Na minha casa, impossível: mamãe estava doente nessa época, e não queria ninguém em casa, mal podia suportar a mim e a minha avó; ela me mataria na mesma hora se eu trouxesse colegas da escola. Na de Julita não dava porque o apartamento onde morava com os avós e seu irmãozinho tinha apenas um cômodo, dividiam-no com um guarda-roupa para que houvesse dois ambientes, digamos, mas era só esse espaço, sem nenhuma privacidade, então restavam apenas a cozinha e o banheiro, e uma varandinha cheia de vasos de babosa e coroas-de-cristo, impossível por onde quer que se olhasse. A de Nadia também era impossível porque ficava na favela: as outras quatro não morávamos em bairros muito bons, mas nem a pau nossos pais nos deixariam passar a noite na favela, para eles era demais. Poderíamos ter fugido sem dizer nada a eles, mas a verdade é que também sentíamos um pouco de medo de ir lá. Além disso, Nadia não mentia para a gente: contava que a favela era muito perigosa e que ela queria se mandar de lá o quanto antes, porque estava farta de ouvir os tiros à noite e dos gritos dos marginais drogados, e de que as pessoas tivessem medo de visitá-la.

Restava apenas a da Pinóquia. O único problema da casa dela era que ficava muito longe, tínhamos que pegar dois ônibus, e convencer nossos velhos a nos deixar ir até aquele fim de mundo. Mas conseguimos. Os pais da Pinóquia não ligavam, de maneira que em sua casa não corríamos o risco de que nos expulsassem a pontapés falando de Deus. E a Pinóquia tinha seu próprio quarto, porque os irmãos já haviam saído de casa.

Finalmente, numa noite de verão, nós quatro conseguimos permissão e fomos até a casa da Pinóquia. Era longe mesmo, a rua da casa dela não era asfaltada e havia uma vala ao lado da calçada. Demoramos umas duas horas para chegar. Mas quando chegamos percebemos imediatamente que era a melhor ideia do mundo ter se mandado para lá. O quarto da Pinóquia era muito grande, tinha uma cama de casal e beliches: podíamos dormir todas as cinco sem problemas. Era uma casa feia porque ainda estava em construção, com o reboco sem pintura, as lâmpadas penduradas em cabos pretos feios, sem lustres, o piso apenas de cimento, sem azulejos nem madeira nem nada. Mas era muito grande, tinha terraço e um quintal com churrasqueira, e era muito melhor do que qualquer uma das nossas casas. Morar tão longe assim não era bom, mas se fosse para ter uma casa como aquela, ainda que inacabada, valia a pena. Do lado de fora, longe da cidade, o céu noturno era azul-marinho, havia vaga-lumes e o cheiro era diferente, uma mistura de grama queimada e rio. A casa da Pinóquia era toda cercada de grades, é verdade, e também era guardada por um cão preto grandalhão, acho que um rottweiler, com quem não se podia brincar porque era bravo. Morar longe parecia um pouco perigoso, mas a Pinóquia nunca reclamou.

    Talvez porque o lugar fosse tão diferente, porque naquela noite nos sentíamos diferentes na casa da Pinóquia, com pais que ouviam Los Redondos e bebiam cerveja, enquanto o cachorro latia para as sombras, talvez por isso Julita tenha empalidecido e criado coragem para nos dizer com que mortos ela queria falar.

    Julita queria falar com a mãe e o pai.

Foi ótimo ver Julita finalmente abrir a boca sobre seus velhos, porque nós não ousávamos perguntar a ela. Na escola se falava muito sobre esse assunto, mas ninguém nunca disse nada na cara, e nós pulávamos para defendê-la se alguém dissesse alguma idiotice. A questão era que todos sabiam que os velhos da Julita não haviam morrido em um acidente: os velhos da Julita haviam desaparecido. Estavam desaparecidos. Eram desaparecidos. Nós não sabíamos bem como dizer. Julita dizia que os pais haviam sido levados, porque era assim que seus avós falavam. Eles os levaram e por sorte deixaram as crianças no quarto (provavelmente não tinham prestado atenção naquele cômodo: Julita e o irmão também não se lembravam de nada, nem daquela noite, muito menos dos pais).

Julita queria encontrá-los com o tabuleiro ou perguntar a algum outro espírito se os havia visto. Além de querer falar com eles, queria saber onde estavam os corpos. Porque isso deixava seus avós loucos, sua avó chorava todos os dias por não ter aonde levar uma flor. Mas Julita também era assustadora: dizia que se encontrássemos os corpos, se nos dessem as informações e fossem verdadeiras, teríamos que ir à tevê ou aos jornais, e ficaríamos famosas, e todos nos amariam.

A mim, pelo menos, essa parte do sangue-frio de Julita pareceu muito pesada, mas pensei que estava tudo bem, era coisa dela. O que ela nos disse é que tínhamos que começar a pensar em outros conhecidos desaparecidos, para que nos ajudassem. Havíamos lido em um livro sobre o método do tabuleiro que se concentrar em um morto conhecido ajudava, relembrar seu cheiro, sua roupa, seus gestos, a cor de seu cabelo, criar uma imagem mental, que então ficava mais fácil que o morto de verdade viesse. Porque às vezes vinham muitos espíritos falsos que mentiam e confundiam a sua cabeça. Era difícil distinguir.

A Polaca disse que o namorado de sua tia estava desaparecido, que o haviam levado durante a Copa do Mundo. Todas nós ficamos surpresas porque a família da Polaca era supercareta. Ela explicou que quase nunca falavam do assunto, mas a tia, meio bêbada, havia contado a ela depois de um churrasco em sua casa, quando os homens conversavam com nostalgia sobre Kempes e a Copa do Mundo, e ela se enfureceu, tomou um gole de vinho tinto e contou à Polaca sobre o namorado e o quanto ela havia ficado com medo. Nadia falou de um amigo do pai, que ia sempre almoçar aos domingos em sua casa quando ela era pequena e que um dia não foi mais. Ela não tinha dado falta desse amigo, principalmente porque ele costumava ir com seu pai ao estádio de futebol, e ela não era levada aos jogos. Seus irmãos se deram conta de que ele já não aparecia e perguntaram ao velho, e o velho não quis mentir para eles, dizer que haviam brigado ou algo do tipo. Disse aos meninos que ele havia sido levado, a mesma coisa que diziam os avós de Julita. Mais tarde, os irmãos contaram a Nadia. Naquela época nem os meninos nem Nadia faziam ideia de aonde o haviam levado, ou se era comum uma pessoa ser levada, se era bom ou se era ruim. Mas agora todas nós sabíamos dessas coisas, depois do filme *La noche de los lápices** (que nos fazia chorar aos gritos e que alugávamos uma vez por mês) e do livro *Nunca mais*** — que a Pinóquia havia levado para a escola, porque em sua casa a deixavam lê-lo — e do que diziam as revistas e a televisão. Eu contribuí com meu vizinho dos fundos, um vizinho que estivera ali por pouco tempo, menos de um ano, que saía pouco na rua, mas que nós podíamos ver passeando nos fundos (a casa tinha um pequeno pátio atrás). Não me lembrava de muita coisa, era como um sonho, também se passava no pátio: mas uma noite vieram à procura dele, e minha velha contava isso a todo mundo, dizia que por pouco, por culpa daquele filho da puta, quase nos levaram também. Talvez por ela repetir tanto essa história para mim, o vizinho ficou gravado na minha memória, e eu não me

---

* Filme de 1986, de Héctor Oliveira, que recria "A noite dos lápis", em que sete estudantes do ensino médio foram sequestrados, torturados e mortos pela ditadura militar argentina após protestarem por tarifas de ônibus mais baixas — apenas um deles sobreviveu. [N. da T.]
** Obra que resume o trabalho da Comissão Nacional Sobre o Desaparecimento de Pessoas, criada em 1983 para esclarecer os crimes cometidos durante a ditadura militar argentina. Inspirou a publicação do relatório *Brasil: Nunca Mais*, de 1985. [N. da T.]

acalmei até que outra família se mudou para a casa, quando me dei conta de que ele não voltaria.

A Pinóquia não tinha ninguém para acrescentar, mas chegamos à conclusão de que com todos os mortos desaparecidos que já tínhamos era suficiente. Naquela noite, brincamos até às quatro da manhã, nessa hora começamos a bocejar e a ficar com a garganta seca de tanto fumar, e o mais incrível era que os pais da Pinóquia nem sequer bateram na porta para nos mandar dormir. Acho, não tenho certeza porque o ouija consumia minha atenção, que ficaram assistindo à tevê ou ouvindo música até de madrugada também.

Depois daquela primeira noite, conseguimos permissão para ir à casa da Pinóquia mais duas vezes, no mesmo mês. Era inacreditável, mas os pais ou responsáveis de todas nós haviam falado por telefone com os velhos da Pinóquia, e por alguma razão a conversa os deixara supertranquilos. O problema era outro: era difícil falar com os mortos que desejávamos. Eles davam muitas voltas, custavam a se decidir pelo sim ou pelo não, e sempre chegavam ao mesmo ponto: contavam onde estiveram sequestrados e aí paravam, não podiam dizer se haviam sido mortos lá ou se tinham sido levados para outro lugar, nada. Davam voltas e depois iam embora. Era frustrante. Acho que falamos com meu vizinho, mas depois de escrever POZO DE ARANA ele partiu. Era ele, com certeza: disse seu nome, procuramos no *Nunca mais* e lá estava, na lista. Nós nos cagamos de medo: era o primeiro morto de verdade com quem falávamos. Mas nada dos pais da Julita.

Era a quarta noite na casa da Pinóquia quando aconteceu o que aconteceu. Havíamos conseguido falar com alguém que conhecia o namorado da tia da Polaca, tinham estudado juntos, dizia. O morto com quem falamos se chamava Andrés, e nos disse que não tinha sido levado nem desaparecido: ele mesmo havia fugido para o México, e morreu lá depois, num acidente de carro, nada a ver. Bom, esse Andrés era legal, e perguntamos a ele por que todos os mortos iam embora quando perguntávamos onde estavam seus corpos. Ele nos disse que alguns iam embora porque não sabiam onde estavam, então ficavam nervosos, constrangidos. Mas outros não respondiam porque alguém os incomodava. Uma de nós. Quisemos saber por quê, e ele nos disse que não sabia o motivo, mas que era assim, uma de nós estava sobrando.

Então o espírito partiu.

Ficamos pensando por um tempo naquilo, mas decidimos não dar importância. No começo, em nossos primeiros jogos com o tabuleiro, sempre perguntávamos ao espírito que surgia se alguém o incomodava. Mas depois paramos de perguntar porque os espíritos adoravam nos incomodar com isso, e brincavam com a gente, primeiro diziam Nadia, depois diziam não, com a Nadia está tudo bem, a que incomoda é Julita, e podiam passar a noite inteira assim nos fazendo colocar e tirar o dedo do copo, e até sair do quarto, porque os safados não tinham limites em seus pedidos.

O que o Andrés disse nos impressionou tanto que decidimos rever a conversa anotada no caderno enquanto abríamos uma cerveja.

Então bateram na porta do quarto. Nós nos assustamos um pouco, porque os pais da Pinóquia nunca nos incomodavam.

— Quem é? — disse a Pinóquia, e sua voz saiu um pouco trêmula.

Todas nós estávamos com um pouco de cagaço, na verdade.

— Leo. Posso entrar?

— Entra, mané! — A Pinóquia se levantou com um pulo e abriu a porta. Leo era seu irmão mais velho, que morava no Centro e visitava os pais apenas nos fins de semana, porque trabalhava todos os dias. E também não vinha todo fim de semana, porque às vezes estava cansado demais. Nós o conhecíamos porque antes, quando éramos mais novas, na primeira e na segunda séries, às vezes ele ia buscar a Pinóquia na escola, quando os pais não podiam. Depois começamos a andar de ônibus, já éramos grandes. Uma pena, porque paramos de ver o Leo, que era gatíssimo, um moreno de olhos verdes com cara de assassino, lindo de morrer. Naquela noite, na casa da Pinóquia, estava bonito como sempre. Todas nós suspiramos um pouco e tentamos esconder o tabuleiro, só para ele não achar que éramos esquisitas. Mas ele não ligou.

— Estão fazendo a brincadeira do copo? Isso é fodido, eu morro de medo, que corajosas essas fedelhas — disse. E então olhou para a irmã: — Pirralha, você me ajuda a tirar da caminhonete umas coisas que eu trouxe para os velhos? Mamãe já foi deitar e o velho está com dor nas costas...

— Você está de sacanagem comigo, tá tarde pra caramba!

— Bem, eu só pude vir agora, o que é que você quer, eu me atrasei. Vamos lá, se eu deixar as coisas na caminhonete, podem me roubar.

A Pinóquia disse "está bem" com má vontade e nos pediu para esperar. Ficamos sentadas no chão em volta do tabuleiro, falando em voz baixa o quanto Leo era lindo, que já devia ter uns vinte e três anos, era muito mais velho do que a gente. A Pinóquia estava demorando, achamos estranho. Depois de meia hora, Julita propôs que fôssemos ver o que tinha acontecido.

E então tudo aconteceu muito rápido, quase ao mesmo tempo. O copo se moveu sozinho. Nunca tínhamos visto uma coisa assim. Sozinho sozinho, nenhuma de nós estava com o dedo em cima dele, nem perto. Moveu-se e escreveu muito rápido, "pronto". Pronto? O que estava pronto? Em seguida, um grito vindo da rua, da porta: a voz de Pinóquia. Saímos correndo para ver o que estava acontecendo, e a encontramos abraçada à mãe, chorando, as duas sentadas no sofá ao lado da mesinha de telefone. Naquele momento não entendemos nada, mas depois, quando a coisa ficou um pouco mais calma — um pouco —, reconstituímos mais ou menos a cena.

A Pinóquia havia seguido o irmão até dar a volta na casa. Ela não entendia por que ele tinha deixado a caminhonete lá, se havia espaço por toda parte, mas ele não respondeu. Havia mudado quando saíram da casa, ficado de mau humor, não falava com ela. Quando chegaram à esquina, ele disse a ela para esperar e, segundo Pinóquia, desapareceu. Estava escuro, então podia ser que ele tivesse dado alguns passos e estivesse fora de vista, mas, de acordo com ela, ele havia desaparecido. Esperou um pouco para ver se ele voltava, mas a caminhonete também não estava lá, teve medo. Voltou para casa e encontrou os pais acordados, na cama. Contou a eles que Leo tinha vindo, que estava superesquisito, que havia pedido para ela tirar umas coisas da caminhonete. Os velhos olharam para ela como se fosse louca. "O Leo não veio, meu bem, do que você está falando? Amanhã ele trabalha cedo." A Pinóquia começou a tremer de medo e dizer "era o Leo, era o Leo", e então seu pai se irritou, gritou se ela estava drogada ou o quê. A mãe, mais calma, disse: "Vamos fazer o seguinte: ligamos para a casa do Leo. Ele deve estar lá, dormindo." Ela também duvidava um pouco agora, porque via que a Pinóquia estava muito segura e muito alterada. Ligou, e depois de um bom tempo Leo atendeu, xingando, porque estava no sétimo sono. A mãe lhe disse "depois eu explico" ou algo do tipo, e tratou de acalmar a Pinóquia, que teve uma baita crise nervosa.

Veio até uma ambulância, porque a Pinóquia não parava de gritar que "aquela coisa" a tocara (o braço sobre os ombros, como em um abraço que a deixara com mais frio do que calor) e que havia vindo porque ela era "a que incomodava".

Julita me disse, ao pé do ouvido, "é que ela não conhece ninguém que desapareceu". Eu falei para ela calar a boca, pobre Pinóquia. Eu também estava com muito medo. Se não era o Leo, então quem era? Porque aquela pessoa que tinha vindo procurar a Pinóquia era igual a seu irmão, como um gêmeo idêntico, ela não havia hesitado nem por um segundo. Quem era? Eu não queria me lembrar dos olhos dele. Não queria fazer a brincadeira do copo outra vez nem voltar à casa da Pinóquia.

Nunca mais voltamos a nos reunir. A Pinóquia ficou mal e os pais nos culpavam — coitados, precisavam culpar alguém — e diziam que havíamos feito uma brincadeira pesada, que a deixara meio maluca. Mas todas sabíamos que não era verdade, que tinham vindo buscá-la porque, como nos disse o morto Andrés, ela incomodava. E assim terminou a época em que falávamos com os mortos.

1ª edição	JULHO DE 2023
reimpressão	MAIO DE 2024
impressão	SANTA MARTA
papel de miolo	LUX CREAM 60 G/M²
papel de capa	CARTÃO SUPREMO ALTA ALVURA 250 G/M²
tipografia	CHAPARRAL PRO